Mitch Albom

Wer im Himmel auf dich wartet

Mitch Albom

Wer im Himmel auf dich wartet

Roman

Aus dem Amerikanischen
von Jochen Winter

Allegria

Das Original erschien 2018 unter dem Titel THE NEXT PERSON YOU MEET IN HEAVEN bei Harper/Harper Collins Publishers, NY, USA.

FSC
www.fsc.org
MIX
Papier aus verantwortungsvollen Quellen
FSC® C014496

Allegria ist ein Verlag
der Ullstein Buchverlage GmbH

ISBN: 978-3-7934-2410-9

Übersetzung: Jochen Winter
Lektorat: Barbara Krause
Umschlaggestaltung: Simone Mellar, zero-media.net, München
Satz: Pinkuin Satz und Datentechnik, Berlin
Gesetzt aus der Stempel Garamond LT Pro
Druck und Bindearbeiten: GGP Media GmbH, Pößneck
Printed in Germany

Für Chika, das »kleine Mädchen«
aus unserem Leben,
das bereits den Himmel erhellt.

Und für all jene Krankenschwestern da draußen,
die wie Chikas Pflegerinnen
unsere Seelen tiefer berühren,
als es ihnen bewusst ist.

Notiz des Autors

Diese Geschichte wurde – wie schon *Die fünf Menschen, die dir im Himmel begegnen* – durch meinen geliebten Onkel Eddie Beitchman inspiriert, einen Veteranen des Zweiten Weltkriegs, der sich für einen »Niemand« hielt, »der nie etwas gemacht hat«.

Als ich ein Kind war, erzählte mir Eddie von einer Nacht, da er, in einem Krankenhaus dem Tode nah, aus seinem Körper emporstieg, um seine verstorbenen geliebten Wesen zu sehen, die neben dem Bett auf ihn warteten.

Von jenem Moment an erschien mir der Himmel als ein Ort, wo wir denen begegnen, die wir auf der Erde berührten, und wohin wir gelangen, um sie wiederzusehen. Doch ich gebe zu, dass dies nur meine persönliche Anschauung ist. Es gibt viele weitere, einschließlich der zahlreichen religiösen Definitionen des Himmels, die allesamt respektiert werden sollten.

Daher ist der vorliegende Roman wie auch seine Darstellung des Lebens nach dem Tod ein

Wunsch, kein Dogma, eine Sehnsucht, dass geliebte Menschen wie Eddie den Frieden finden mögen, der ihnen auf der Erde versagt blieb, und erkennen, wie sehr wir alle einander beeinflussen – an jedem Tag dieses kostbaren Lebens.

Das Ende

Dies ist die Geschichte über eine Frau namens Annie, und sie beginnt am Ende, wenn Annie vom Himmel fällt. Da sie jung war, dachte Annie nie an Dinge, die enden, noch an den Himmel. Aber jedes Ende ist auch ein Anfang.

Und der Himmel denkt immer an uns.

Zum Zeitpunkt ihres Todes war Annie groß und schlank, mit langen goldblonden Locken, hervorstehenden Ellbogen und Schultern und einer Haut, die sich am Hals rötete, wenn sie verlegen war. Sie hatte feurige Augen in hellem Olivton sowie ein weiches, ovales Gesicht, das Kollegen als »hübsch« bezeichneten, »sobald man sie näher kennenlernt«.

Als Pflegerin in einem nahe gelegenen Krankenhaus trug Annie blaue Arbeitskleidung und graue Laufschuhe. Und in ebenjenem Krankenhaus geschah es, dass sie die hiesige Welt verließ – nach einem dramatischen wie tragischen Unfall, nur einen Monat vor ihrem einunddreißigsten Geburtstag.

Man mag sagen, das sei »zu jung«, um zu sterben. Aber was ist zu jung für ein Leben? Als Kind war Annie einmal vom Tod verschont geblieben, bei einem anderen Unfall an einem Ort namens Ruby Pier, dem Vergnügungspark am großen grauen Meer. Einige meinten, ihr Überleben sei »ein Wunder« gewesen.

Daher war sie vielleicht schon älter, als sie hätte sein sollen.

* * * * *

»Wir sind heute hier versammelt …«

Wenn Sie wüssten, dass Sie bald sterben, wie würden Sie dann Ihre letzten Stunden verbringen? Annie, die es nicht wusste, verbrachte die ihren damit, dass sie heiratete.

Ihr Verlobter hieß Paulo. Er hatte blassblaue Augen von der Farbe flachen Tümpelwassers und einen dichten Schopf aus rosinenschwarzem Haar. Sie war ihm an der Grundschule begegnet, beim Bockspringen auf einem asphaltierten Spielplatz. Annie war eine neue Schülerin, scheu und verschlossen. Als sie die Arme über dem gebeugten Kopf verschränkte, sagte sie sich immer wieder: *Könnte ich mich doch bloß in Luft auflösen.*

Dann drückten die Hände eines Jungen auf ihre Schultern, und wie ein abgeworfenes Paket landete er vor ihr.

»Hallo, ich bin Paulo«, sagte er lächelnd, wobei ihm eine Stirnlocke über die Braue fiel.

Plötzlich wollte Annie nirgendwohin gehen.

* * * * *

»Willst du, Annie, diesen Mann zu deinem …«

Mit noch vierzehn Stunden Lebenszeit legte Annie ihr Ehegelübde ab. Sie und Paulo standen unter einem Baldachin an einem See, dessen Ufer mit Heidelbeersträuchern gesäumt war. Beide hatten sich als Teenager aus den Augen verloren und waren erst kürzlich wieder zusammengekommen. Die Jahre dazwischen gestalteten sich für Annie schwierig. Sie ertrug unglückliche Beziehungen und litt unter vielerlei Verlusten, bis sie schließlich zu der Überzeugung gelangte, niemals mehr einen Mann zu lieben und ganz gewiss niemals zu heiraten.

Aber da standen sie nun. Annie und Paulo. Sie nickten dem Pastor zu. Sie nahmen sich an der Hand. Annie trug Weiß, Paulo Schwarz, und beider Haut war gebräunt von den Stunden in der Sonne. Als sie sich zur Seite drehte, um ihrem künftigen Ehemann in die Augen zu sehen, fiel ihr Blick auf einen Heißluftballon, der über dem Sonnenuntergang schwebte. *Wie entzückend*, dachte sie.

Dann nahm sie Paulos Grinsen wahr, so breit wie der Horizont. Während er sich abmühte, ihr den Ring über den Finger zu streifen, war nervöses Gelächter zu hören. Kaum hatte sie den Finger triumphierend in die Höhe gereckt, rief jeder: »Herzlichen Glückwunsch!«

* * * * *

Es blieben dreizehn Stunden, um zu leben. Arm in Arm schlenderten sie den Gang hinunter, ein frisch vermähltes Paar, das über alle Zeit der Welt verfügte. Als Annie sich die Tränen wegwischte, sah sie in der letzten Reihe einen alten Mann mit Schiebermütze sitzen, ein Schmunzeln um die vorspringende Kinnlade. Sie hatte das Gefühl, ihn zu kennen.

»Paulo«, flüsterte sie, »wer ist dieser Mann?«

Doch sie wurden unterbrochen. »Du siehst *so* wunderschön aus!«, sagte eine halbwüchsige Cousine mit Zahnspange. Annie lächelte und erwiderte leise »Danke!«

Als sie zurückschaute, war der alte Mann verschwunden.

* * * * *

Es blieben zwölf Stunden. Annie und Paulo betraten die Tanzfläche, über die Drähte mit weißen Glühbirnen gespannt waren. Paulo hob einen Arm und fragte: »Bist du bereit?« Annie erinnerte sich an jenen Abend in einer Turnhalle der Junior High School, als sie auf Paulo zuging und sagte: »Du bist der einzige Junge, der mit mir spricht, also sag mir auf der Stelle, ob du mit mir tanzen willst, ja oder nein, denn sonst geh ich nach Hause und seh fern.«

Damals hatte er sie angelächelt, wie er es auch jetzt tat, und aufs Neue fanden sie zueinander wie Puzzleteile. Ein Fotograf sprang herbei und rief: »Schaut hierher, glückliche Eheleute!«, und instinktiv versteckte Annie ihre ein wenig kleinere linke Hand hinter Paulos Rücken – die Hand, die noch immer Narben trug von dem Unfall vor mehr als zwanzig Jahren.

»Wunderbar!«, sagte der Fotograf.

* * * * *

Noch elf Stunden. Annie lehnte sich an Paulos Arm und ließ den Blick durch den Saal schweifen. Das Fest wurde ruhiger. Tortenstücke waren halb aufgegessen und die hochhackigen Schuhe der Frauen unter den Tischen abgestreift worden. Es handelte sich um eine eher bescheidene Feier – Annies Familie war nicht groß –, und sie hatte mit fast allen Gästen geplaudert, von denen viele förmlich hervorsprudelten: »Sehen wir uns doch öfter!«

Paulo wandte sich Annie zu und sagte: »Hey, ich hab was für dich gemacht.« Annie lächelte. Immerzu fertigte er kleine Geschenke für sie: Holzfiguren, einfache Schmuckgegenstände. In Italien, wohin seine Familie mit ihm als Teenager gezogen war, hatte er schnitzen und malern gelernt. Damals dachte Annie, dass sie Paulo nie wiedersehen würde. Doch Jahre später kam sie während ihrer Pflegetätigkeit an einem Krankenhaustrakt vorbei, der gerade umgebaut wurde, und da stand er, ein Schreiner.

»Hey, ich kenne dich«, sagte er. »Du bist Annie!«

Zehn Monate danach waren sie verlobt.

Anfangs war Annie glücklich. Aber als die Hochzeit näher rückte, wurde sie ängstlicher und zunehmend um den Schlaf gebracht. »Wann immer ich etwas plane, geht's schief«, sagte sie zu Paulo. Er legte ihr den Arm um die Schultern und erinnerte sie daran, dass sie an jenem Tag im Krankenhaus doch nicht »geplant« habe, ihm zu begegnen, stimmt's?

Annie zog die Augenbrauen hoch. »Wie willst du das wissen?«

Paulo lachte. »Das ist die Annie, die ich heiraten werde!«

Aber ihre Sorge blieb.

* * * * *

»Hier«, sagte Paulo jetzt und reichte ihr ein kleines, gelbes, drahtiges Gebilde, weich und flauschig, mit ovalen Ohren oben und ovalen Füßen unten.

»Ein Hase?«, fragte sie.

»Hmm.«

»Aus Pfeifenreinigern?«

»Genau.«

»Wo hast du den her?«

»Ich hab ihn gemacht. Warum?«

Annie trat von einem Fuß auf den anderen und fühlte sich plötzlich unwohl. Sie schaute über den Boden und sah den alten Mann von vorher. Sein Kinn war übersät mit langen weißen Bartstoppeln, sein Anzug seit dreißig Jahren aus der Mode. Aber gerade seine Haut erregte Annies Aufmerksamkeit; sie schien merkwürdig, fast leuchtend.

Woher kenne ich diesen Mann?

»Magst du ihn nicht?«

Annie blinzelte. »Wen?«

»Deinen Hasen.«

»Oh, ich liebe ihn. Wirklich.«

»Wirklich«, wiederholte Paulo, als würde er nachdenken. »Heute sagen wir oft ›wirklich‹.«

Annie lächelte und strich über das kleine Gebilde. Doch ein kalter Strahl schoss ihr durch den Körper.

* * * * *

Ein Hase aus Pfeifenreinigern – wie der, den Paulo gefertigt hatte – war in Annies Händen gewesen am Tag des verhängnisvollen Unfalls; ein Geschenk jenes alten Mannes, den sie nun bei ihrer Hochzeit sah.

Ein Mann, der vor mehr als zwanzig Jahren gestorben war.

Sein Name war Eddie. Er hatte im Vergnügungspark Ruby Pier gearbeitet und Fahrgeschäfte repariert – Schienen eingefettet, Schrauben festgezogen und endlose Wege zwischen den Attraktionen zurückgelegt, um zu erfahren, wo es technische Probleme gab. In der Tasche seines Arbeitskittels bewahrte er Pfeifenreiniger auf, um daraus Spielzeugfiguren für die jüngeren Kunden zu basteln.

Am Tag des Unfalls war Annie alleingelassen worden von ihrer Mutter, die sich mit ihrem aktuellen Freund davongemacht hatte. Eddie blickte gerade hinaus aufs Meer, als Annie sich näherte, bekleidet mit abgeschnittenen Jeansshorts und lindgrünem T-Shirt, auf dessen Vorderseite eine Cartoon-Ente prangte.

»'tschuuuldigung, Eddie Wartung«, sagte sie, die Bezeichnung auf der Applikation seines Arbeitskittels lesend.

»Einfach Eddie«, seufzte er.

»Eddie?«

»Hmm.«

»Kannst du mir …«

Sie legte ihre Handflächen aneinander, als würde sie beten.

»Komm schon, Kleine. Ich hab nicht den ganzen Tag Zeit.«

»Kannst du mir ein Tier basteln? *Kannst du das?*«

Eddie hob neckisch den Blick, als müsste er darüber nachdenken. Dann nahm er seine gelben Pfeifenreiniger hervor und bastelte ihr einen Hasen – genau wie jener, den Paulo ihr soeben überreicht hatte.

»Daaaaanke!«, sagte sie und tänzelte davon.

Zwölf Minuten später war Eddie tot.

* * * * *

Der tödliche Unfall ereignete sich, als sich am Freifallturm namens Freddy's Free Fall eine Kabine während der Fahrt aus der Verankerung löste. Sechzig Meter über dem Erdboden wurde sie von einem Sicherheitsseil aufgefangen und baumelte in der Luft wie ein sterbendes Blatt. Eddie, der die Szene von unten mitverfolgte, sah, dass das Seil an einer Kante scheuerte. Falls es riss, würde die Kabine in die Tiefe stürzen.

»ZURÜCKTRETEN!«, schrie er.

Die Menge stob auseinander.

Doch im allgemeinen Chaos rannte Annie

in die falsche Richtung und kauerte sich direkt neben dem Turm nieder, zu verängstigt, um sich vom Fleck zu rühren. Das Seil riss. Die Kabine stürzte herab. Sie hätte Annie zerschmettert, wäre Eddie nicht in letzter Sekunde über die Plattform gehechtet, um das Mädchen zur Seite zu stoßen. So prallte die Kabine mit voller Wucht auf ihn.

Das kostete ihn das Leben.

Aber auch Annie wurde etwas genommen: die linke Hand. Ein durch den Aufprall abgebrochenes Metallstück hatte sie säuberlich vom Knochen abgetrennt. Mehrere geistesgegenwärtige Arbeiter legten das blutige Körperglied auf Eis, und Sanitäter fuhren Annie rasch zum Krankenhaus. Dort waren Chirurgen vier Stunden lang damit beschäftigt, Sehnen, Nerven und Arterien zusammenzufügen, Haut zu transplantieren sowie mit Hilfe von Platten und Schrauben die Hand wieder mit dem Gelenk zu verbinden.

Der Unfall machte Schlagzeilen im ganzen Bundesstaat. Journalisten bezeichneten Annies Überleben als »kleines Wunder von Ruby Pier«. Fremde beteten für sie. Einige wollten ihr sogar begegnen, als hütete sie aufgrund ihrer Rettung das Geheimnis der Unsterblichkeit.

Annie, erst acht Jahre alt, erinnerte sich jedoch an fast nichts. Der erlittene Schock verwischte die Spuren im Gedächtnis, so wie starker Wind eine Flamme auslöscht. Bis zum heutigen Tag entsann sie sich nur bruchstückhafter Bilder und aufzuckender Blitze, eines diffusen Gefühls, unbekümmert nach Ruby Pier gegangen und deutlich verändert nach Hause zurückgekehrt zu sein. Die Ärzte verwendeten Begriffe wie *bewusste Verdrängung* und *traumatische Störung*, nicht wissend, dass bestimmte Erinnerungen für diese Welt vorgesehen sind, manche hingegen erst in der nächsten zum Vorschein kommen.

Jedenfalls war ein Leben gegen ein anderes eingetauscht worden.

Und immer wacht der Himmel über allem.

* * * * *

»Viel Glück! … Gott segne euch!«

Mit Reiskörnern aus Pappbechern beworfen, trippelten Annie und Paulo zu der wartenden Limousine. Er öffnete die Tür, Annie schlüpfte ins Wageninnere und zog die Schleppe hinter sich her.

»Hurra!«, sagte Paulo lachend und schwang sich neben sie.

Der Fahrer drehte sich um. Er war schnurrbärtig, hatte braune Augen und von Tabak gefleckte Zähne.

»Gratulation, Leute!«

»Danke!«, antworteten beide gleichzeitig.

Annie hörte ein Klopfen an der Scheibe; ihr Onkel Dennis, Zigarre im Mund, blickte sie von oben an.

»Okay, ihr zwei«, sagte er, als Annie das Fenster herunterließ. »Seid brav. Seid vorsichtig. Seid glücklich.«

»Alle drei schaffen wir nicht«, erwiderte Paulo.

Dennis lachte. »Dann seid einfach glücklich.«

Er ergriff Annies Finger, und sie spürte, wie ihre Augen feucht wurden. Dennis war der Bruder ihrer Mutter und ein angesehener Chirurg in dem Krankenhaus, wo Annie arbeitete. Nach Paulo war er ihr bevorzugter Mann in dieser Welt. Kahlköpfig, dickbäuchig und mit einem Hang zum ungezwungenen Lachen hatte er sich für sie stets eher wie ein Vater angefühlt als ihr leiblicher Vater namens Jerry (ihre Mutter nannte ihn »Jerry the Jerk«, Jerry, der Trottel), der in Annies frühen Jahren die Familie verlassen hatte.

»Danke, Onkel Dennis.«

»Wofür?«

»Für alles.«

»Deine Mutter hätte das hier geliebt.«

»Ich weiß.«

»Sie schaut zu.«

»Meinst du?«

»Ja.« Er lächelte. »Annie. Du bist verheiratet.«

»Ich bin verheiratet.«

Er tätschelte ihr leicht den Kopf.

»Ein neues Leben, Kind.«

Es blieben zehn Stunden.

Keine Geschichte ist losgelöst von der anderen. Unsere Leben verbinden sich wie Fäden auf dem Webstuhl, sind zu vielfältigen Mustern verwoben, die wir niemals erkennen können.

Zur gleichen Zeit, als Annie und Paulo auf ihrer Hochzeit tanzten, wollte gut sechzig Kilometer entfernt ein Mann namens Tolbert gerade nach seinen Schlüsseln greifen. Da fiel ihm ein, dass der Tank seines Lastwagens nahezu leer war, und in der Gewissheit, zu später Stunde kaum eine offene Tankstelle zu finden, nahm er stattdessen die Schlüssel für das Auto seiner Frau – ein kleines, kastenartiges Fahrzeug, bei dem ein Reifen zu wenig Luft hatte. Er verließ das Haus, ohne die Tür zu verschließen, und blickte kurz zu den Wolken auf, die den Mond in graue Schleier hüllten.

Hätte er den Lastwagen benutzt, würde diese Geschichte anders ausgehen. Hätten Annie und Paulo unterwegs nicht noch einmal angehalten, wäre diese Geschichte eine andere. Hätte der Fahrer der Limousine nicht vergessen, eine Tasche mitzubringen, die vor seiner Wohnungstür stand, nähme diese Geschichte einen anderen Verlauf. Die Geschichte eines Lebens wird von Sekunde zu Sekunde fortgeschrieben und wechselt ebenso schnell wie die Position des Radiergummis auf einem Bleistift, den man zwischen den Fingern um die eigene Achse dreht, der etwas notiert und im nächsten Augenblick auslöscht.

* * ★ * *

»*But we're gonna get maaaaa-rried!*«[1], sang Paulo, und Annie lachte, da er sich an die folgenden Textzeilen nicht mehr erinnern konnte. Sie kehrte ihm den Rücken zu und zog an seinen Armen, damit er sie fest umfasste. Es gibt Berührungen, an denen man eine Person selbst bei geschlossenen Augen erkennt. Für Annie waren es Paulos Hände auf ihren Schultern, wo sie schon beim Bockspringen vor vielen Jahren zugedrückt hatten.

Und genau an dieser Stelle lagen sie jetzt.

Annie sah seinen goldenen Ehering. Sie stieß einen tiefen, zufriedenen Seufzer aus. Beide hatten es geschafft. Sie waren verheiratet. Sie brauchte sich keine Sorgen mehr zu machen, dass ein unvorhergesehenes Ereignis alles zum Scheitern bringen könnte.

»Ich bin wirklich glücklich«, sagte Annie.

»Ich auch«, erwiderte Paulo.

Die Limousine fuhr los. Annie winkte durchs Fenster, während die Gäste klatschten und den Daumen nach oben reckten. Der Letzte, den sie erspähte, war der alte Mann mit der Schiebermütze, der fast mechanisch zurückwinkte.

---

1 Song von Randy Newman, zu deutsch: *Aber wir werden heiraten!* Anm. d. Übers.

* * * * *

Jeder kennt den Ausdruck »Himmel auf Erden«. Er weist auf etwas Wunderbares hin, etwa bei der überschwänglichen Verabschiedung eines Brautpaares nach der Hochzeit. Doch er kann auch eine andere Bedeutung haben, die Annie jetzt in den Sinn kam, als der alte Mann – Eddie aus dem Vergnügungspark Ruby Pier – ihren Blicken entschwand.

In bestimmten Momenten, wenn der Tod nahe ist, heben sich die Schleier zwischen dieser Welt und der nächsten. Himmel und Erde überlagern sich. Wenn das geschieht, ist es möglich, gewisse bereits entschlafene Seelen flüchtig wahrzunehmen.

Man kann sehen, wie sie unsere Ankunft erwarten.

Und sie sind imstande, uns kommen zu sehen.

* * * * *

Noch neun Stunden. Die Nacht war dunstig, und es begann zu regnen. Der Fahrer schaltete die Scheibenwischer ein. Während sie hin und her schlugen, dachte Annie daran, was bevorstand. Zuerst ihre Flitterwochen, eine seit Langem geplante Reise nach Alaska, um die Nordlichter zu sehen. Paulo war von ihnen regelrecht besessen. Er hatte ihr Hunderte von Fotografien gezeigt und sie neckend einer Prüfung über die Entstehung jener Lichter unterzogen.

»Ich weiß, ich weiß«, sagte Annie, als hätte sie den Text auswendig gelernt. »Von der Sonne schießen Partikel ins All und wehen zur Erde. Es dauert zwei Tage, bis sie unseren Planeten erreichen. Sie durchdringen die Atmosphäre dort, wo diese extrem dünn und empfindlich ist, am …«

»… oberen Ende der Welt«, pflegte Paulo zu ergänzen.

»… oberen Ende der Welt«, wiederholte Annie.

»Sehr gut. Du hast bestanden.«

Nach Alaska erwartete sie ein neues Leben. Beide hatten sich einer Organisation angeschlossen, die verarmte Dörfer mit Wasser versorgte, und sich für ein Jahr verpflichtet. Für Annie, die nie im Ausland gewesen war, schien das ein großer Sprung. Aber ihre in der Krankenpflege erworbenen Fähigkeiten mochten durchaus von Nutzen sein; Paulo wiederum glaubte an die Wohltätigkeit und fertigte Gegenstände oft kostenlos an (seine Freunde scherzten, er »wolle an jedem Tag seines Lebens ein Verdienstabzeichen erhalten«). Darüber musste Annie lächeln. Früher hatte sie sich immer die falschen Männer ausgesucht. Aber Paulo … Endlich ein Partner, auf den sie stolz sein konnte.

»Ich kann es kaum erwarten«, sagte Annie, »anzukommen in …«

Plötzlich geriet die Limousine ins Schlingern und verpasste die Ausfahrt.

»Verdammt«, rief der Fahrer, in den Rückspiegel blickend. »Der Typ hat mich nicht reingelassen.«

»Ist schon gut«, sagte Paulo.

»Ich nehm die nächste …«

»Geht in Ordnung …«

»Normalerweise hab ich mein GPS dabei …«

»Macht nichts …«

»Aber das hab ich zu Hause vergessen …«

»Keine Sorge …«

»Der Typ kam so schnell herangerauscht …«

»Alles okay«, beschwichtigte Paulo und drückte Annies Finger. »Wir genießen die Fahrt.«

Er lächelte seine Braut an, und sie lächelte zurück, ohne zu ahnen, wie sehr sich die Welt gerade verändert hatte.

* * * * *

Nachdem die Limousine schließlich abgebogen und wieder auf der Autobahn war, bemerkte Annie durch den dichten Regen zwei Warnblinklichter, die vor ihnen aufleuchteten. Auf dem Seitenstreifen stand ein kleines, kastenartiges Fahrzeug, neben dem ein völlig durchnässter Mann kauerte. Als die Limousine sich näherte, stand er auf und winkte.

»Wir sollten anhalten«, sagte Annie.

»Meinst du wirklich?«, erwiderte Paulo.

»Er ist klitschnass. Er braucht Hilfe.«

»Er kommt bestimmt schon zurecht …«

»Sir, können Sie bitte rechts ranfahren?«

Der Fahrer lenkte die Limousine behutsam vor den liegen gebliebenen Wagen. Annie betrachtete Paulo. »Wir können unsere Ehe mit einem Akt der Freundlichkeit beginnen«, sagte sie.

»Es könnte Glück bringen«, bestätigte Paulo.

»Genau«, gab Annie zurück, obwohl sie versucht war hinzuzufügen, dass sie bereits ihre Heirat als ein großes Glück empfand.

Paulo stieß die Tür auf. Der Regen trommelte auf den Asphalt. »Hallo, Kamerad!«, rief er. »Gibt's Probleme?«

Der Mann nickte, als Paulo auf ihn zuging. »Das Auto meiner Frau«, sagte er mit lauter Stimme. »Der Reifen ist platt. Und natürlich hat sie keinen Wagenheber im Kofferraum. Haben Sie so was?«

»Eine Ehefrau?«

»Einen Wagenheber.«

»War nur ein Scherz.«

»Aha.«

Beiden lief der Regen über das Gesicht.

»Ich denke, in der Limousine ist einer.«

»Das wäre großartig.«

»Eine Sekunde.«

Paulo eilte zum Kofferraum der Limousine, warf Annie ein Lächeln zu und machte übertriebene Armbewegungen, wie ein Filmschauspieler in Zeitlupe. Der Fahrer drückte auf einen Knopf, der Kofferraum öffnete sich. Paulo fand den Wagenheber und hastete zu dem hilflosen Autofahrer zurück.

»Vielen Dank«, sagte der Mann. »Ehefrauen, Sie wissen schon.«

»Nun, ich bin kein Experte«, erwiderte Paulo.

Es blieben acht Stunden. Annie verfolgte durch das Heckfenster, wie Paulo und Tolbert ihre Handflächen an einem Tuch abwischten. Der Reifen war gewechselt worden. Beide plauderten miteinander im strömenden Regen.

Sie befingerte ihren Ehering und sah die Männer lachen. Paulo, der dicht an der Fahrbahn stand, wandte sich ihr zu und hob das Handgelenk des Fremden, als wollte er damit zu erkennen geben: Wir sind Helden. Für einen Augenblick staunte sie über ihr Glück – ein neuer Ehemann im durchnässten Smoking, so stattlich, dass er fast glühte.

Dann aber fiel ihr auf, dass das Glühen von Scheinwerfern stammte. Hinter Paulo näherte sich ein Auto mit hoher Geschwindigkeit und beleuchtete seine Silhouette. Annie wurde von Panik ergriffen. Sie schrie seinen Namen. Doch Tolbert ergriff Paulos Arm und zerrte ihn zur Seite.

Das Auto raste vorbei.

Annie ließ sich in den Sitz zurückfallen.

* * * * *

»Hey, schau dir das an«, sagte Paulo, als er triefend vor Nässe neben sie in den Wagen glitt und eine Visitenkarte hochhielt. »Der Typ hat eine Firma, die Rundflüge mit Heißluftballons veranstaltet …«

Annie packte ihn. »Oh, mein Gott!«, erwiderte sie aufgeregt, seine feuchten Wangen, Haare und Stirn küssend. »Ich dachte, dieses Auto würde dich überfahren.«

»Ja, der hatte einen Zacken drauf … Aber ein netter Typ ist das …« Paulo sah ihre Erleichterung und nahm ihr Gesicht in die Hände. »Hey, Annie. Hey.« Er kniff die Augen halb zusammen, als würde er tief in sie hineinblicken. »Ich bin okay. Ist halb so wild. Mir wird nichts zustoßen. Wir haben gerade *geheiratet.*«

Annies Augen füllten sich mit Tränen.

»Lass uns zum Hotel fahren«, flüsterte sie.

»Zum Hotel!«, verkündete Paulo dem Fahrer.

Die Limousine startete und brauste davon.

* * * * *

Wissen Sie, wodurch Wind entsteht? Hochdruck trifft auf Tiefdruck, warme Luftschicht auf kalte.

Veränderung. Sie erzeugt den Wind. Je größer die Veränderung, desto stärker weht der Wind.

Im Leben verhält es sich ganz ähnlich. Eine Veränderung ruft die nächste hervor. So änderte der Ballonflieger namens Tolbert nach der Reifenpanne seine Pläne. Da es ihn besorgte, mit einem Ersatzrad zu fahren, kehrte er nach Hause zurück, anstatt sich wie üblich am Wochenende frühzeitig zur Arbeit zu begeben. Er rief den stellvertretenden Piloten an und sagte: »Kümmer du dich ums Geschäft bis Mittag, okay?«

Der Assistent, ein bärtiger junger Mann namens Teddy, änderte ebenfalls seine Pläne und erwiderte schlaftrunken: »Kein Problem.« Anschließend kochte er Kaffee und schlüpfte in seine Kleidung.

Nachdem Annie und Paulo zum ersten Mal ein Bett als verheiratetes Paar geteilt hatten, änderten auch sie ihre Pläne, als die ersten Sonnenstrahlen durch die Vorhänge des Hotelzimmers fielen. Annie strich ihm übers Haar, während er den Kopf ins Kissen drückte.

»Oh Mann, ich bin fix und fertig.«

Aber Annie wollte nicht, dass etwas endet.

»Wenn wir nicht einschlafen, ist es eigentlich immer noch unsere Hochzeitsnacht, stimmt's?«

»Ich denke schon.«

»In diesem Fall ...«

Sie lehnte sich über ihn und nahm eine Visitenkarte vom Nachttisch.

»Eine Ballonfahrt!«, sagte Annie.

»Neiiin …«

»Doooch …«

»Nein, nein, nein …«

»Doch, doch, doch …«

»Annie, du bist so – impulsiv!«

»Ich weiß. Das entspricht mir gar nicht. Aber ich hab einen Ballon gesehen, als wir unsere Gelübde ablegten. Vielleicht war es ein Zeichen. Auf der Karte steht: *Reise zum Sonnenaufgang.*«

»Ja, aber …«

»Biiitte …«

»Ooo … kay.« Paulo kniff die Augen fest zusammen und riss sie dann auf. »Yes!«

Annie griff nach dem Telefon. Ihr letzter Anruf, bevor sie starb, begann mit den Worten: »Hallo, fliegen Sie heute?«

* * * * *

Noch fünf Stunden. Bekleidet mit leichten Jacken gegen die morgendliche Kühle, hielten Annie und Paulo Händchen nahe dem großen Passagierkorb in der Mitte einer Wiese. Alles schien sich so glücklich zu fügen: eine Visitenkarte, ein Telefonanruf, ein Pilot namens Teddy, ein Startplatz unweit ihres Hotels. *Was für eine wunderbare Geschichte ich später einmal erzählen kann*, dachte Annie. *Eine Hochzeitsnacht, die in den Wolken endete.*

Eine kleine Crew betätigte Propangasbrenner, um die Luft im Innern des Ballons zu erhitzen. Innerhalb weniger Minuten begann er sich zu erheben wie ein gähnender, aus dem Schlaf erwachter Riese. Als die Hülle zu einer mächtigen, birnenartigen Form anwuchs, lehnten sich Annie und Paulo aneinander und bewunderten dieses stille Luftschiff, das sie zum Himmel emportragen würde.

In diesem Moment konnten sie gewisse Dinge nicht wissen: dass Teddy ein noch unerfahrener Pilot war, eifrig bestrebt, sich zu beweisen; dass er trotz eines keineswegs optimalen Wetterberichts eingewilligt hatte, beide nach oben mitzunehmen, weil sie frisch verheiratet waren; dass Brautpaare in der Welt der Heißluftballons einen lukrativen Kundentyp darstellten; dass Teddy glaubte, es könnte gut fürs Geschäft sein, wenn diese Frischvermählten anderen Frischvermählten von der Fahrt vorschwärmten.

Und was gut fürs Geschäft war, war gut für ihn.

»Bereit zum Abflug?«, fragte Teddy.

Er half Annie und Paulo, in den Korb zu steigen, schloss die Tür hinter ihnen und ließ, nachdem die Halteseile gelöst waren, aus dem Brenner eine hohe Flamme aufschießen.

Der Ballon erhob sich vom Boden.

* * * * *

»Oh, mein Gott«, staunte Annie vierzig Minuten später, als sie über weit ausgedehnte leere Weiden schwebten. »Das ist unglaublich.«

Paulo umfasste das Korbgeländer. »Warum sagen Leute ›unglaublich‹ über etwas, das gerade geschehen ist? Wäre es nicht genau deshalb *glaubhaft*?«

Annie grinste. »Einverstanden, Genie.«

»Ich meine ja nur …«

Ein jäher Windstoß erfasste den Ballon und schwenkte ihn scharf nach Westen.

»Langsam!«, sagte Teddy.

»Langsam?«, fragte Paulo.

»Es ist nichts«, erwiderte Teddy, die Wolken betrachtend. »Winde frischen auf. Ich werde ihn ein bisschen tiefer fliegen lassen.«

Er öffnete ein Ventil und reduzierte die Heißluftzufuhr, sodass sie abwärts sanken. Kurz darauf, als der Himmel sich verdunkelte, wurden sie durch eine zweite heftige Böe weiter nach Westen abgetrieben. Annie bemerkte, dass sie sich einem Dickicht von Bäumen näherten.

»Kann man einen Ballon eigentlich steuern?«, fragte Paulo. »Ich will nicht mäkeln oder sowas …«

»Nur nach oben und nach unten«, erwiderte Teddy, die Hand am Propangasbrenner. »Wir sind in Sicherheit. Mach dir keine Sorgen.«

Nach wie vor drifteten sie in westliche Richtung. Die Winde wurden stärker. Die Wolken ballten sich. In der Hoffnung, den Böen zu entkommen, öffnete Teddy eine Klappe, wodurch heiße Luft entweichen und der Ballon noch tiefer fliegen konnte. Ein Pilot mit mehr Erfahrung hätte gewusst, dass diese Maßnahme das Risiko vergrößerte, gegen die Baumwipfel zu prallen, und dass es trotz heftiger Schwankungen sicherer gewesen wäre, die Höhe beizubehalten. Der erprobtere Pilot war Tolbert, der sich zu diesem Zeitpunkt jedoch in einer Autoreparaturwerkstatt befand und einen neuen Reifen aufziehen ließ.

Mit einem Mal waren die Bäume sehr nah. »Alles in Ordnung, keine große Sache«, sagte Teddy. »Aber vielleicht solltet ihr in Deckung gehen, falls wir einen Ast streifen.«

Als dann das Waldstück direkt vor ihnen lag, wurde seine Stimme lauter: »Okay, in Deckung!«

Annie und Paulo duckten sich. Die untere Hälfte des Ballons stieß gegen hohe Äste, und die Passagiere wurden zur Seite geworfen.

»Unten bleiben!«, schrie Teddy. »Ich werde landen!« Er riss die Klappe noch weiter auf, was ein ohrenbetäubendes Zischgeräusch hervorrief. Aus der Hocke aufblickend, erspähte Annie durch dichtes Laubwerk etwas Dunkles und Horizontales.

Starkstromleitungen.

Der Ballon kam in Kontakt damit und drückte eine Leitung an die andere. Annie hörte ein

Knistern, sah einen gleißenden Blitz. Funken stoben auf, und Teddys Knie knickten ein. »Oh, mein Gott!«, brüllte er, während der Korb rasend schnell in die Tiefe stürzte. Annie schrie und Paulo schrie, dann kehrte alles sich um, sie konnte nicht mehr geradeaus blicken in diesem wirren Durcheinander aus Bäumen, Himmel, Korbboden, einem Arm, einem Seil, Schuhen, Feuer.

Im freien Fall kippten sie zur Seite, der Korb schlug auf der Erde auf und schleuderte die drei Passagiere quer über seinen Boden. Annie nahm Feuerzungen wahr, Himmel, Seile, Paulo, ihren Ellbogen, ihre Bluejeans, dann verschwand Teddy hinter der Reling, und der Ballon begann wieder zu steigen, weil die Propangasflamme die Luft darin erhitzte.

Plötzlich spürte sie Paulos Arme, die sich fest um ihre Rippen schlangen. »Spring, Annie!«, schrie er. Für einen Augenblick sah sie sein Gesicht, doch ehe sie seinen Namen aussprechen konnte, warf er sie aus dem Korb. Sie fiel ins Leere, fiel tiefer und dann – *Peng!* – prallte sie rücklings auf den Erdboden.

Sie sah nur noch Sterne, eine Million winzige Lichter, die die Sonne verdeckten. Als ihr Blick allmählich klarer wurde, beobachtete sie voller Entsetzen, wie der Ballon explodierte, in Flammen aufging und eine Gestalt auf sie zuraste, im Sturz größer wurde, wild mit den Armen rudernd.

Bruchteile von Sekunden später schlug Paulo, ihr frisch angetrauter Ehemann, auf der Erde auf.

Annie schrie sich das Herz aus dem Leib.

* * * * *

Während der schwindelerregenden Stunde, die darauf folgte, hing ein Satz in ihrem Kopf schwer wie ein Anker: *Es ist meine Schuld.* Er ließ sie nicht mehr los – im Rettungswagen, unter Sirenengeheul, auf der Tragbahre, neben den Sanitätern, dann im Krankenhaus, zwischen diesen mit einem metallischen Klacken aufschwingenden Türen, in der Notaufnahme. *Es ist meine Schuld*, sagte sie sich inmitten umtriebiger Körper und piepsender Apparate – und vor Onkel Dennis in OP-Kleidung, der sie fest umarmte, während ihre Tränen einen feuchten Fleck auf dem blassgrünen Stoff hinterließen.

Es ist meine Schuld.

Ich habe uns zu der Ballonfahrt gedrängt.

Ich habe das getan.

Ich habe alles zerstört.

Annie hatte Prellungen und Schürfwunden davongetragen, wohingegen bei Paulo nach seinem Sturz aus zwölfeinhalb Metern etliche Knochen gebrochen, Sehnen durchtrennt und lebenswichtige Organe verletzt waren. Der heftige Aufprall hatte Frakturen in Beinen, Becken, Kiefer und rechter Schulter zur Folge, aber am schlimmsten waren die Lungen betroffen; durch die Stauchung der Brustwand eingerissen, bluteten sie. Ein Atemschlauch wurde eingeführt, um ihn notzuversorgen, doch die Aufnahmen zeigten, dass die Funktion der beiden Lungenflügel nicht aufrechtzuerhalten war. Er würde eine neue Lunge benötigen, um weiterzuleben. Flüsternd unterhielten sich die Ärzte über nationale Register und Transplantationslisten, darüber, welcher Spender so kurzfristig herbeigerufen werden konnte. Da ergriff Annie, die während des ganzen Gesprächs fassungslos zugehört hatte, plötzlich das Wort.

»Nehmen Sie meine.«

»Wie bitte?«

»Meine Lunge. Sie müssen sie nehmen.«

»Annie, das ist keine Option …«

»Doch, ist es. Das kann ihn retten!«

Rasch schloss sich eine Debatte an, in der ihr Onkel und andere sie zu überzeugen versuchten, dass dies der falsche Weg sei. Doch fest entschlossen begann sie zu schreien, außerdem kannte sie als Krankenschwester die Mindestanforderungen bei Transplantationen wie Blutgruppe (Annie und Paulo hatten dieselbe) und das passende Verhältnis zwischen den Körpermaßen (beide waren gleich groß). Immer wieder blickte sie durch die Türen eines Behandlungszimmers zu Paulo, der von Pflegepersonal und Apparaten umgeben war. Paulo, der sie gerettet hatte. Paulo, der wegen ihr im Sterben lag.

»Annie, es besteht ein Risiko …«

»Ist mir egal …«

»Es kann etwas schiefgehen …«

»Ist mir egal!«

»Er ist in schlechtem Zustand. Selbst wenn der Eingriff gelingt, kann es sein, dass er …«

»Was?«

»… nicht überlebt.«

Annie schluckte. »Wenn er nicht überlebt, will ich auch nicht mehr da sein.«

»Sag das nicht …«

»Ich mein es ernst! Bitte, Onkel Dennis!«

Sie hatte derart geweint, dass sie dachte, keine einzige Träne übrig zu haben. Zugleich aber fiel ihr ein, wie glücklich sie und Paulo zwei Stunden vorher gewesen waren. Zwei Stunden? Wie kann sich das Leben in zwei Stunden so tiefgreifend ändern? Sie wiederholte, was Paulo auf dem Rücksitz der Limousine zu ihr gesagt hatte, um sie zu beruhigen.

»Wir haben gerade *geheiratet.*«

Sie zitterte am ganzen Körper, und Dennis stieß einen Seufzer aus, als wäre ihm ein Tiefschlag versetzt worden. Er wandte sich dem leitenden Chirurgen zu, der einen Mundschutz trug, und nannte einen Namen, den sie beide kannten – der beste Transplantationsexperte am hiesigen Krankenhaus.

»Ich werde ihn anrufen«, sagte der leitende Chirurg.

* * * * *

Die übrigen Dinge – die fahrbaren Monitore, die Räder der Tragbahre, die mit Alkohol getränkten Tücher, die Nadeln, die Schläuche – flogen vorbei wie wehender Regen. Annie schenkte ihnen keinerlei Beachtung, so als sei davon nur eine Hülle betroffen, die sie umgab. Inmitten einer großen Krise kann ein wenig Glaube Rettung bedeuten. Annie glaubte, ihren Mann retten, ihren Fehler wiedergutmachen zu können. *Jeder einen Lungenflügel. Wir teilen.* Nur darauf konzentrierte sie sich, genau wie ein eingeschlossener Minenarbeiter sein Augenmerk einzig und allein auf einen plötzlich einfallenden Lichtstrahl richtet.

Auf dem Operationstisch liegend, sprach Annie ein Gebet. *Lass ihn leben, Gott. Bitte.* Sie spürte, wie die Narkose von ihr Besitz ergriff, wie ihr Körper erschlaffte, wie ihre Lider sich schlossen. In der letzten bewussten Wahrnehmung legten sich zwei Hände auf ihre Schultern, drückten sie sanft nach unten, während eine männliche Stimme sagte: »Wir sehen uns gleich wieder.«

Dann drehte und verdunkelte sich die Welt, als würde Annie in eine Höhle hinabgelassen. Aus dem maßlosen Raum der Finsternis erblickte sie eine seltsame Erscheinung. Sie sah wieder jenen alten Mann auf ihrer Hochzeit, der nun mit ausgebreiteten Armen auf sie zulief.

Dann wurde alles um sie herum weiß.

Annie macht einen Fehler

Sie ist zwei Jahre alt und sitzt auf einem Hochstuhl. Eine grüne Lerntasse, gefüllt mit Apfelsaft, steht vor ihr.

»Jerry, schau nur«, sagt ihre Mutter und hebt den Deckel ab. »Sie kann aus einem Strohhalm trinken.«

»Oha«, murmelt ihr Vater.

»Kinder in ihrem Alter können das nicht.«

»Bin beschäftigt, Lorraine.«

»Du liest Zeitung.«

»Genau.«

Annie bewegt sich vor und zurück.

»Sie bemüht sich um deine Aufmerksamkeit.«

»Ich hab sie trinken gesehen.«

»Sie kann einen Strohhalm benutzen.«

»Ich hab dich schon verstanden.«

»Bitte, Jerry! Es dauert nur …«

»Jetzt reicht's. Ich muss los.«

Er knallt seine Zeitung hin. Annie hört das laute Geräusch, als er seinen Stuhl vom Tisch wegrückt.

»Nun«, sagt ihre Mutter, den Strohhalm auspackend, »lass uns üben, damit wir es ihm das nächste Mal vorführen können, ja?«

Sie berührt Annies zarte Wange, und die

Kleine, beglückt über die ihr zuteilgewordene Aufmerksamkeit, macht eine ruckartige Handbewegung und kippt den Saft um. Er spritzt überallhin. Sie fängt an zu weinen.

»Was hast du ihr getan?«, schreit Jerry aus dem Flur.

»Nichts!«

»Hört sich nicht so an.«

Ihre Mutter greift nach einem Küchenpapier und wischt den Saft auf.

»Ist schon gut, Liebling«, flüstert sie Annie zu. »Nur ein kleines Missgeschick.«

Sie küsst Annie auf die Wange. Als die Eingangstür zugeschlagen wird, schaut sie zu Boden. »Nur ein kleines Missgeschick«, wiederholt sie. »Alles vorbei jetzt.«

Die Reise

Aus tiefem Schlaf erwachend, öffnen wir normalerweise die Augen, und alle Dinge ringsum nehmen wieder ihre gewohnte Gestalt an. Die Traumwelt verschwindet; an ihre Stelle tritt die wirkliche Welt.

Aber dies war kein Schlaf, und was Annie anschließend geschah, ähnelte keinem ihrer früheren Erwachen. Ihre Augen öffneten sich niemals, dennoch konnte sie ziemlich klar sehen.

Außerdem bewegte sie sich.

Der Boden unter ihren Füßen schien sich loszulösen und in atemberaubendem Tempo, aber ohne jede Reibung, abzuheben wie ein gläserner Aufzug, der in den Raum katapultiert wird. Annie durcheilte Farben jeder Schattierung – Lavendelblau, Zitronengelb, Avocadogrün.

Sie spürte keinen Wind, *hörte* ihn jedoch. Ihrem Eindruck nach kam er in einer aufsteigenden

Böe auf sie zu, zog dann aber weiter, als würde er durch einen Tunnel gesaugt, vergleichbar einem gewaltigen Ein- und Ausatmen. Seltsamerweise beunruhigte sie das nicht. Vielmehr hegte sie keinerlei Sorge, fühlte sich fast luftig und schmerzfrei wie ein Kind.

Kurz darauf durchfuhr sie etwas, das ihr derart fremd war, dass sie es nicht in Worte hätte fassen können. Kein Teil von ihr passte zum anderen, als wären Arme und Beine länger geworden; der Kopf saß auf einem neuen Hals, und in ihrer Vorstellung blitzten Bilder auf, die noch nie dort aufgetaucht waren: das Innere eines Zuhauses, Gesichter im Klassenzimmer, flüchtige Szenen einer italienischen Landschaft.

Genauso rasch war sie erneut in ihrem eigenen Bewusstsein, und wieder schossen Farben vorbei, Türkis und Gelb, Lachsrosa und Weinrot. Sie versuchte, zu einem Gedanken zurückzufinden, der Paulo betraf – *Ist er verletzt? Braucht er mich?* –, aber dabei war ihr, als würde sie gegen ihre Erinnerungen stromaufwärts schwimmen. Ein Ballon. Ein Feuer. Ein Absturz. Ein Krankenhaus.

»Es könnte Glück bringen.«

Ist Paulo am Leben?

»Wir haben gerade *geheiratet.*«

Habe ich ihn gerettet?

»Wir sehen uns gleich wieder.«

Wo bin ich?

Annie macht einen Fehler

Sie ist vier Jahre alt und sitzt am Esstisch. Ihre Eltern streiten. Sie spielt mit ihrer Gabel.

»Das kann ich dir nicht glauben«, sagt ihre Mutter.

»Es ist einfach passiert«, erwidert ihr Vater.

»Kann ich ein Fruchteis am Stiel haben?«, fragt Annie.

»Geh spielen, Annie«, murmelt ihre Mutter.

»Geh spielen«, wiederholt ihr Vater.

»Aber kann ich ein Fruchteis am Stiel haben?«

»Annie!«

Ihre Mutter reibt sich die Stirn.

»Was sollen wir tun?«

»Wir müssen gar nichts tun.«

»Wie das letzte Mal? Oder wie die andern Male?«

»Papi …?«

»Mein Gott, Annie!«, schreit ihr Vater. »Sei still!«

Annie lässt den Kopf sinken. Ihre Mutter stößt sich vom Tisch ab und eilt den Flur entlang.

»Oh, genau, großartig, lauf nur weg«, sagt der Vater und folgt ihr. »Was willst du von mir? Hä?«

»Ich will, dass du dich daran erinnerst, dass wir verheiratet sind!«, schreit sie.

Annie, jetzt allein, gleitet vom Stuhl. Auf Zehenspitzen schleicht sie zum Gefrierschrank. Sie zieht am Griff. Mit einem Plopp *öffnet sich die Tür.*

Die Luft ist kalt. Aber da ist sie: die Schachtel mit Fruchteis am Stiel. Sie will eins, weiß aber, dass sie sich nicht bedienen sollte. Auf dem unteren Regal sieht sie zwei gefrorene Schokoriegel. Ihre Eltern mögen diese. Sie nimmt einen, um ihn den beiden zu bringen. Vielleicht hören sie dann auf zu streiten. Und vielleicht erlauben sie ihr sogar, ein Fruchteis am Stiel zu essen.

Sie tritt einen Schritt zurück, um zu beobachten, wie die Tür des Gefrierschranks zugeht – und wird plötzlich von zwei großen Händen gewaltsam hochgerissen.

»Du dummes Ding«, schreit ihr Vater, während der Schokoriegel zu Boden fällt. »Ich hab dir gesagt, das nicht zu tun!«

Annie spürt einen Schlag übers Gesicht, ihre Augen schließen sich, und die Welt wird finster. Ein zweiter Schlag. Unter ihren Lidern quellen Tränen hervor. Ein weiterer. Sie weint so laut, dass ihr die Ohren schmerzen.

»Hör auf, Jerry!«, brüllt ihre Mutter.

»Wenn ich Nein sage, meine ich auch Nein!«

»Hör auf!«

Noch ein Schlag. Annie wird schwindlig.

»JERRY!«

Er lässt von ihr ab, und sie sinkt in sich zusam-

men. Ihre Eltern schreien sich an, während sie auf dem Fußboden schluchzt. Nach einer Weile nimmt sie Schritte wahr, die sich ihr rasch nähern. Dann schwebt die Mutter über ihr und verdeckt das Licht.

Am nächsten Morgen zieht ihr Vater aus. Beim Hinausgehen knallt er die Tür zu. Annie weiß, warum er aufbricht. Weil sie dieses Fruchteis am Stiel wollte. Deshalb sucht er das Weite.

Die Ankunft

Blau. Alles war blau. Ein einziger Farbton, der Annie umhüllte, als wäre sie in ihn hineingemalt worden. Sie fühlte sich äußerst leicht und seltsam neugierig.

Wo bin ich?

Was ist geschehen?

Wo ist Paulo?

Sie konnte keinen Teil ihrer selbst sehen. Das Blau glich einer Decke, in die sie bis unter die Augen eingewickelt war. Plötzlich erschien vor ihr ein großer Sitz, der in Brusthöhe schwebte, mit hellbraunem Lederpolster und silberner Einfassung am oberen Rand der Lehne. Es schien, als stammte er aus einem Flugzeug oder einem Bus.

Instinktiv wollte sie ihn berühren, bemerkte aber voller Entsetzen, wie die rechte Hand, losgelöst von ihr, durch den Raum trieb. Kein

Handgelenk. Kein Unterarm. Kein Ellbogen. Keine Schulter. Da erst erkannte sie, dass dieses Blau nicht ihren Körper bedeckte: *Sie hatte gar keinen Körper.* Weder Rumpf noch Gliedmaßen. Weder Magen noch Schenkel noch Füße.

Was ist das?

Wo ist der Rest von mir?

Was mache ich hier?

Dann wurde das Blau um sie weggewischt, wie Seifenwasser von einem Glas abgewaschen wird, und zu ihrer Linken ragten schneebedeckte Berge auf, zu ihrer Rechten städtische Wolkenkratzer. Alles raste an ihr vorbei, als würde sie, ohne sich von der Stelle zu rühren, immer schneller werden. Sie blickte nach unten, sah Gleise in der Tiefe und vernahm ein unverwechselbares Heulen.

Eine Zugsirene.

Sie ließ den Sitz zurück. Er verschwand. Unweit von ihr erschien ein zweiter Sitz. Sie griff nach ihm, aber auch er löste sich in Luft auf. Schon materialisierte sich ein dritter Sitz und beförderte sie weiter. Schließlich erreichte sie eine Abteiltür mit bronzener, kunstvoll verzierter Klinke. Sie drückte darauf.

Damit gelangte Annie von außen nach innen. Ringsumher zeichnete sich eine Art Maschinengondel ab, als würde sie gerade vom Stift eines Künstlers entworfen. Die Decke war niedrig, der Boden aus vernieteten Metallplatten, und überall gab es Schalttafeln, Messinstrumente und Hebel. Der Raum erinnerte an eine Lokomotive aus den Fünfzigerjahren.

Was für eine Art von Traum ist das?

Warum fühle ich mich so leicht?

Wo sind all die anderen?

Etwas erregte ihre Aufmerksamkeit. Da oben, auf dem Fahrersitz. Ein kleiner Kopf kam zum Vorschein, war aber gleich wieder verschwunden.

»Ja!«, schrie eine junge Stimme. »Ja!«

Wäre dies ein normaler Traum gewesen, hätte Annie verängstigt sofort Reißaus genommen, wie man es oft im Schlaf vor einem Fremden tut. Doch im Leben nach dem Tod besitzt die Gefahr keine Macht mehr, und so schwebte Annie weiter vorwärts, bis über den Fahrersitz. Sie schaute nach unten und machte eine ziemlich unerwartete Entdeckung.

Vor dem Steuerpult saß ein kleiner Junge mit karamellfarbener Haut und pechschwarzem Haar, der ein gestreiftes Kurzarmhemd sowie ein Halfter mit Spielzeugpistole trug.

»Fahr ich zu schnell?«, fragte er.

Annie macht einen Fehler

Sie ist sechs Jahre alt und schlendert von der Schule nach Hause zurück. Wie gewöhnlich wird sie von drei älteren Kindern begleitet: Warren Helms, elf Jahre; seiner Schwester Devon, neun; sowie seiner anderen Schwester Lisa, die gerade acht geworden ist.

»Es nennt sich Heilige Kommunion«, erklärt Lisa.

»Was macht man da?«, fragt Annie.

»Du gehst zur Kirche, sagst, dass es dir leidtut, und isst einen Keks.«

»Eine Oblate«, korrigiert Warren.

»Dann kriegst du Geschenke.«

»Viele Geschenke«, fügt Devon hinzu.

»Echt?«, erwidert Annie.

»Ich hab ein Fahrrad bekommen«, wirft Warren ein.

Annie ist neidisch. Sie mag Geschenke. Mittlerweile erhält sie nur an Weihnachten und zu ihrem Geburtstag welche. Seit dem Auszug des Vaters müssten sie »den Gürtel enger schnallen«, sagt ihre Mutter.

»Kann ich auch ein Kommunum machen?«

»Eine Kommunion, Dummchen.«

»Du musst katholisch sein. Bist du katholisch?«

Annie zuckt die Achseln. »Weiß ich nicht.«

»Du würdest es wissen, wenn du katholisch wärst«, sagt Warren.

»Wie denn?«

»Du wüsstest es einfach.«

Annies Schuhe klappern auf dem Bürgersteig. Sie spürt ihre Grenzen aufgrund ihres zu jungen Alters; diese Empfindung hat sie häufig in Gegenwart der Helms-Kinder, die sie jeden Tag nach Hause mitnehmen. Die meisten ihrer Klassenkameradinnen werden von deren Müttern abgeholt. Doch die von Annie muss arbeiten, also wartet sie bei den Nachbarn, bis die Mutter zurückkehrt.

»Da vorn ist das Haus der Hexe«, sagt Warren.

Sie blicken auf ein kleines, braunes, einstöckiges Gebäude mit herabhängenden Dachrinnen und einer vernachlässigten Veranda. Von der Fassade blättert die Farbe ab. Das Holz ist verrottet. Es hält sich das Gerücht, dort wohne eine alte Hexe, und vor Jahren sei ein Kind hineingegangen und nie wieder herausgekommen.

»Geb euch fünf Dollar, wenn ihr an diese Tür klopft«, verkündet Warren.

»Ich nicht«, erklärt Devon.

»Die brauch ich nicht«, erwidert Lisa. »Am Sonntag krieg ich Geschenke.«

»Dann du, Annie.«

Er zieht einen Fünf-Dollar-Schein aus der Tasche.

»Damit kannst du allerhand Sachen kaufen.«

Annie bleibt stehen. Sie denkt an Geschenke und starrt auf die Tür.

»Wahrscheinlich ist sie gar nicht zu Hause«, beschwichtigt Warren und wedelt mit dem Geldschein. »Füüünf Mäuse.«

»Wie viele Spielzeuge bekomme ich dafür?«, fragt Annie.

»'ne ganze Menge«, versichert Devon.

Annie zieht an ihren Locken und schaut zu Boden, als würde sie eine Entscheidung treffen. Dann reißt sie sich los und marschiert den Weg entlang bis zur Veranda. Von dort aus blickt sie zurück zu den anderen. Warren reckt seine Hand in die Höhe und macht eine Klopfbewegung.

Annie atmet tief ein. Ihr Herz rast. Sie denkt erneut an Geschenke und hebt schließlich die Faust zur Fliegengittertür.

Ehe sie damit in Berührung kommt, schwingt die Tür auf, und eine weißhaarige Frau im Bademantel stiert auf sie herab.

»Was willst du?«, krächzt die Frau.

Annie kann sich nicht von der Stelle rühren. Sie schüttelt den Kopf, wie um auszudrücken: Nichts, sie wolle nichts. Die Frau schaut an ihr vorbei zu den anderen Kindern, die wegrennen.

»Sie haben dich dazu angestiftet?«

Annie nickt.

»Kannst du nicht reden, Mädchen?«

Annie schluckt. »Ich wollte Geschenke haben.«

Die Miene der alten Frau verfinstert sich.

»Du solltest Leute nicht belästigen.«

Annie kann den Blick nicht abwenden vom Gesicht der Frau, von der langen, gebogenen Nase, den dünnen, aufgesprungenen Lippen, den violetten Ringen unter den Augen.

»Bist du wirklich eine Hexe?«

Die Frau blinzelt. »Nein. Und du?«

Annie schüttelt den Kopf.

»Ich bin nur krank, das ist alles«, murmelt die Frau. »Geh jetzt, los.«

Sie schließt die Tür. Annie atmet tief durch. Sie dreht sich um und läuft zu den anderen am Ende des Häuserblocks. Dort angekommen, wiederholte sie, was die Frau sagte.

»Dann ist unser Deal geplatzt«, entgegnet Warren. »Sie ist keine echte Hexe.«

Annies Schultern sacken nach unten.

Das Geld wird sie niemals bekommen.

Die erste Person, der Annie im Himmel begegnet

»Fahr ich zu schnell?«

Annie starrte auf den Jungen im gestreiften Hemd.

Wo bin ich?

»Kann dich nicht hören.«

Wo bin ich ...

»Kann dich nicht hööööören!«

Ich sagte ...

Er setzte ein breites Grinsen auf. »Ich kann dich nicht hören, Dummchen, weil du nicht redest.«

Er hatte recht. Annie hatte keinen Mund. Die Worte, die sie hörte, waren allein in ihrem Kopf.

»Niemand kann bei der ersten Ankunft reden«, erklärte der Junge. »Dadurch bist du imstande, besser zuzuhören. Das haben sie mir jedenfalls gesagt.«

Wer?

»Die ersten Personen, denen ich begegnet bin.«

Also kannst du mich hören?

»Was du gerade denkst, ja.«

Wer bist du?

»Sameer.«

Warum bist du hier?

»Muss irgendwie so sein.«

Wo bin ich?

»Weißt du's immer noch nicht?«

Er deutete zu dem Fenster und den wechselnden Farben des Himmels.

»Im Himmel.«

Bin ich gestorben?

»Mann, bist du langsam.«

* * * * *

Annies Gedanken schweiften in alle Richtungen, so wie Regentropfen kreuz und quer über eine Fensterscheibe laufen. Sie war gestorben? Befand sich nun im Himmel? Und der Ballonabsturz? Und Paulo?

Wo ist mein Körper? Warum bin ich in diesem seltsamen Zustand?

»Keine Ahnung«, erwiderte der Junge. »Hat dich jemand auf der Erde auseinandergenommen?«

Annie dachte an die Transplantation.

In gewisser Weise schon.

»Das könnte funktionieren. Hey, schau mal.«

Er drückte auf einen flachen Knopf. Die Zugsirene begann schrill zu heulen.

»Das liebe ich«, sagte er.

Bitte. Ich gehöre nicht hierher. Ich hätte nicht …

»Was?«

Du weißt es.

»Sterben sollen?«

Ja.

»Warum nicht? Ich bin auch gestorben.«

Aber die Zeit war noch nicht reif dafür. Ich bin weder alt noch krank. Ich bin einfach …

»Was?«

Annie erinnerte sich an ihre Hochzeit, daran, dass sie wegen des Autofahrers mit der Reifenpanne angehalten hatten, was dann zu dem Ballonabsturz führte, der wiederum die Transplantation nach sich zog, aus der letztlich all dies hier folgte.

… jemand, der Fehler macht.

»Wow«, rief der Junge und verdrehte die Augen. »Da hat eine Probleme mit dem Selbstwertgefühl.«

* * * * *

Und damit bewegte er das Steuer, der Zug beschleunigte rasant, erhob sich in die Luft, neigte sich und stieg höher, bog genauso scharf ab wie ein Rennwagen.

»Juuuchheee!«, schrie er.

Weiter vorn erblickte Annie einen violetten Ozean. Als die Küstenlinie näher rückte, sah sie riesige Wellen, die sich brachen, und weit ausgedehnte Flächen weißen Schaums.

Warte …

»Keine Sorge. Das hab ich schon oft gemacht.«

Er lenkte den Zug steil abwärts, und Annie wappnete sich für den Aufprall, zu dem es jedoch nicht kam; nur ein stilles Eintauchen in ein brombeerfarbenes Halbdunkel, das vor den Fenstern vorbeizog.

Wohin fahren wir?

»Es geht eher um *wann.*«

Er zog das Steuer nach oben, und sie tauchten aus der Tiefe empor, drangen vor in eine offenbar neue Welt, die mehr der Erde ähnelte. Der Zug verlangsamte das Tempo und schwebte herab auf ein Gleis am Rand einer Kleinstadt mit ordentlichen älteren Häusern, deren Fassaden mit Weißaluminium verkleidet waren.

»Fertigmachen!«, rief der Junge. Er durchschlug die Frontscheibe, die in tausend Splittern davonflog, und zog an den Bremshebeln, bis der Zug quietschend zum Halt kam. Zusammen mit Annie sprang er durch die Öffnung.

»Juuuchheee!«, schrie er wieder, als sie sich in die Höhe schwangen. »Cool, nicht wahr?«

Kurz darauf standen sie neben den Gleisen, irgendwie ohne Landung, ohne Aufprall.

»Nun, ich dachte, das sei cool«, brummelte er.

* * * * *

Mit einem Mal herrschte Stille. Der Zug war verschwunden. Die Bäume wirkten kahl, Blätter bedeckten den Boden. Die Landschaft nahm – wie in einem alten Film – eine sepiafarbene Tönung an.

Bitte, dachte Annie, *ich verstehe nicht.*

»Was?«

Alles ist mir unbegreiflich. Warum ich hier bin. Warum du hier bist.

»Ich bin hier«, erwiderte der Junge, »weil man bei der ersten Ankunft im Himmel fünf Personen begegnet, die einem aus der Zeit auf der Erde vertraut sind. Sie waren aus einem ganz bestimmten Grund in unserem Leben.«

Aus welchem?

»Genau das findest du heraus. Sie lehren dich etwas, das du während deines Lebens nicht durchschaut hast. Dadurch kannst du verstehen, was du mitgemacht hast.«

Moment mal. Bist du *meine erste Person?*

»Sei nicht so aufgeregt, alles mit der Ruhe.«

Tut mir leid. Es ist nur … Ich kenne dich nicht.

»Sei dir da nicht so sicher.«

Der Junge warf seine Arme in die Höhe und

vollführte vor Annies Augen eine schwungvolle Bewegung – und sogleich war ihr Gesicht wiederhergestellt. Sie betastete ihre Wangen.

Was hast du …

»Entspann dich. Ich hab keine Läuse. Pass jetzt auf. Das ist wichtig.«

Er deutete auf die Gleise. Annies Sehkraft war extrem scharf. Aus der Ferne sah sie einen zweiten Zug mit dampfendem Schornstein näher kommen. Daneben rannte ein kleiner Junge her, um Schritt zu halten, streckte die Hand aus, stolperte und rannte weiter. Annie bemerkte seine nun schon vertrauten Merkmale: pechschwarzes Haar, karamellfarbene Haut, Cowboy-Halfter.

Warte. Bist du das?

»Jünger und dümmer«, erwiderte der Junge.

Was machst du?

»Ich dachte, ich könnte fliegen, und sagte mir: *Ich greif mir diesen Zug und häng mich daran wie ein Drachen.*« Er zuckte mit den Achseln. »Ich war erst sieben.«

Der rennende Junge unternahm einen weiteren vergeblichen Versuch, auf den Zug aufzuspringen. Gerade fuhr der letzte Waggon vorbei. Mit zusammengepressten Kiefern spannte er die Arme an und wagte es ein letztes Mal. Endlich umklammerten seine Finger eine Stange des Geländers auf der hinteren Plattform.

Doch nur für einen Augenblick.

Durch die hohe Geschwindigkeit des Zuges

wurde sein Arm säuberlich vom Körper abgerissen. Der Junge blieb im Schmutz zurück, fassungslos und schreiend, während der kurze Hemdärmel sich mit Blut vollsaugte. Der abgetrennte Arm fiel vom Geländer auf den Kies und färbte die Steine rot.

Der Junge betrachtete Annie.

»Autsch!«, rief er.

SONNTAG, 10 UHR 30

Der Mann namens Tolbert unterschrieb einen Abrechnungsbeleg. Die Frau hinter dem Ladentisch schob ihm eine Kopie zu.

»Alles gerichtet«, sagte sie.

Tolbert wartete, bis der Wagen seiner Frau aus der Werkstatt gebracht wurde. Früher am Morgen hatte er sie kurz geweckt.

»Bin bald wieder zurück«, flüsterte er.

»Hmm?«

»Dein Reifen war platt.«

»... er war ...?«

»Ich muss einen neuen besorgen.«

»... okay ...« Sie drehte sich auf die andere Seite. »Fahr vorsichtig.«

Als er nun einen flüchtigen Blick auf die Reifen an der Wand warf, dachte Tolbert an das frischverheiratete Ehepaar, das am Vorabend angehalten hatte, um ihm zu helfen. Der Bräutigam, der im Smoking den Reifen wechselte, meinte, die ganze Aktion sei der Einfall seiner Frau gewesen. Netter Typ, wirklich lustig. Der Zwischenfall hatte ihm ein gutes Gefühl in Bezug auf Menschen gegeben. Dem war nicht immer so.

Ein Mechaniker fuhr den Wagen vor.

»Ersatzreifen ist im Kofferraum.«

»Danke«, sagte Tolbert.

Nach dem Einsteigen griff er sofort nach dem Mobiltelefon und drückte die gespeicherte Nummer seines Assistenten Teddy.

Der Anruf wurde an die Mailbox weitergeleitet.

Er probierte es noch einmal.

Gleiches Ergebnis.

Also rief er im Büro an.

Wieder schaltete sich die Mailbox ein.

»Ach«, murmelte er. »Dieser verflixte Junge.«

Er spähte in den Rückspiegel, wendete den Wagen und fuhr, statt nach Hause, Richtung offenes Feld, wo der Ballon stand. Das gute Gefühl in Bezug auf andere Menschen war jetzt verschwunden.

Die erste Lektion

Annie starrte den verwundeten Jungen an, der im Kies lag, einen Arm verloren hatte und stark blutete.

Warum zeigst du mir das? Es ist schrecklich.

»Ja«, sagte Sameer. »Nie zuvor habe ich derart laut gejammert. Es klang wie Wolfsgeheul.«

Bist du gestorben?

»Fast. Aber …«

Er deutete auf den Zug, und Annie sah, wie aus dem Fenster der Kopf einer älteren Frau mit Katzenaugenbrille hervorlugte. Rasch trat sie ins Abteil zurück.

Der Zug drosselte das Tempo.

Leute sprangen heraus.

Sie rannten zu dem Jungen.

Auch die Frau begann zu rennen.

Sie ergriff den abgetrennten Arm, zog die Jacke aus und wickelte ihn fest darin ein.

»Gehen wir über zum nächsten Teil«, sagte der Junge. »Das ist widerlich.«

* * * * *

Augenblicklich waren sie im Wartesaal eines Krankenhauses, wo Männer rauchten, Frauen nähten und Magazine kommentarlos von niedrigen Tischen genommen wurden.

»Es ist das Jahr 1962«, erklärte der Junge. »Das ist meine Mama.« Er deutete auf eine Frau in rotem Mantel, die Hände gegen die Lippen gepresst. »Und mein Papa«, fügte er hinzu und meinte damit einen bärtigen Mann im braunen Anzug, dessen Haar von der gleichen schwarzen Farbe war wie das seines Sohnes und dessen linkes Bein nervös hin und her schwang. Annie erblickte auch die Frau aus dem Zug. Ihrer Jacke entledigt, stand sie in der Ecke, die Arme vor der Bluse verschränkt.

Als ein Arzt auftauchte, wandte jeder sich ihm zu. Er atmete hörbar aus und sagte etwas. Dann lächelte er über das ganze Gesicht, Mutter und Vater umarmten und erhoben sich, um voller Dankbarkeit die Hände des Arztes zu ergreifen.

Dann schien alles sich zu beschleunigen, als würde ein Film vorgespult. Da waren Männer mit Kameras, Blitzbirnen explodierten, Vater und Mutter abgelichtet neben einem Bett, in dem der kleine Junge lag.

»Ich habe Geschichte geschrieben«, verkündete er Annie.

Geschichte?

»Die erste erfolgreiche Replantation einer Gliedmaße.« Er grinste. »Ziemlich gut für eine Dummheit, oder?«

Annie beobachtete den weiteren Verlauf der Szenen – wie der Junge seine Jacke anlegte, mit einem Fußball posierte und schließlich das Krankenhaus verließ. Jedes Detail wurde von Fotografen und Reportern festgehalten.

Warum sehe ich diese Dinge?

»Weil du Ähnliches durchgemacht hast.«

Woher weißt du das?

»Weiß ich was?«

Was mir widerfahren ist.

»Das ist einfach.« Er nahm ihre eine Hand. »Ich war mit dabei.«

* * * * *

Damit zog er Annie einen Krankenhausflur entlang. Die Decke hob sich, und die Fenster dehnten sich wie Cellophan.

»Die von meinen Ärzten angewandte Methode setzte neue Maßstäbe«, sagte der Junge. »Dank der Tatsache, dass ich törichterweise einem Zug hinterhergejagt war, konnten viele künftige Patienten geheilt werden.«

Annie stellte fest, dass sich sein Vokabular erweitert hatte. Sie betrachtete den schmalen Nasenrücken und die dichten Stirnfransen, die lose und zerzaust herabfielen.

Warum klingst du so …

»Wie?«

Erwachsen!

Der Junge lächelte.

»Du hast mich durchschaut.«

Plötzlich rumorte es im Flur, die beiden wurden durchgeschüttelt und herumgeworfen, als würden sie durch eine Röhre gepresst. Der Junge im gestreiften Hemd veränderte sich. Als sie wieder auf den Boden zurückfielen, hatte er die Gestalt eines Mannes in mittleren Jahren angenommen; das vormals dunkle zerzauste Haar klebte schwarz an seinem Kopf, die Schultern waren breit und der Rumpf groß genug, um einen weißen Arztkittel nach vorn zu wölben.

Was ist gerade passiert?

»Erinnerst du dich an diesen Bibelvers? *Als ich ein Kind war, da redete ich wie ein Kind … als ich aber ein Mann wurde, da-da-di, da-da-da …*«

Du bist Arzt?

»Nun, ich war's. Herzinfarkt. Hoher Blutdruck. Denk ja nicht, Ärzte würden besser für sich sorgen als Patienten.«

Er knöpfte seinen Kittel auf und deutete auf ein Namensschild. »Wie ich sagte: *Sameer.* Oder, wenn es dir lieber ist: Dr. Sameer. Titel scheinen hier oben irgendwie albern.

Übrigens, entschuldige, dass ich dich vorhin *Dummchen* nannte. Ich habe mein kindliches Ich gewählt, um dich zu begrüßen. Und als Kind war ich ziemlich unausstehlich.«

Annie fühlte sich benommen. Sie konnte mit dem Gang der Ereignisse kaum Schritt halten, erkannte aber, dass dies jetzt ein anderes Krankenhaus war. An den Wänden hingen Reproduktionen neuerer Kunstwerke.

Wo sind wir?

»Erinnerst du dich nicht?«

Wie könnte ich mich erinnern? Ist das nicht deine Erinnerung?

»Erinnerungen überschneiden sich.«

Sie glitten durch einen Korridor und betraten ein Krankenzimmer. Sameer näherte sich der Patientin im Bett, einem kleinen Mädchen mit goldblonden Locken, dessen linker Arm vom Ellbogen bis zu den Fingern bandagiert war.

»Wie geht es uns, Annie?«, fragte er.

Als der Mund des Mädchens sich bewegte, hörte Annie sich antworten: »Ich habe Angst.«

Annie macht einen Fehler

Sie ist acht Jahre alt und fährt im Zug nach Ruby Pier. Sie trägt abgeschnittene Jeansshorts und ein lindgrünes T-Shirt, auf dessen Vorderseite eine Cartoon-Ente prangt. Daneben sitzt ihre Mutter, begleitet von ihrem aktuellen Freund namens Bob.

Bob hat einen dicken Schnauzer, der seine Oberlippe bedeckt. Tony, der Freund vor Bob, erschien nie ohne Sonnenbrille. Dwayne, jener vor Tony, hatte eine Tätowierung auf dem Handgelenk. Keiner der Freunde sprach wirklich mit Annie. Es sei denn, sie stellte ihnen eine Frage.

Im Zug nimmt Bob die Hand der Mutter und spielt damit, aber sie schiebt sie weg und nickt ihrer Tochter zu. Annie überlegt, ob das wohl bedeutet, dass ihre Mutter ihn nicht mag.

Sie durchqueren den Eingang von Ruby Pier unter einem riesigen Gewölbebogen, unter Spitztürmen und Minaretten. Annie betrachtet das Bild einer Frau in hochgeschlossenem Kleid mit Stehkragen, die einen Sonnenschirm hält – Ruby in Person – und die Gäste in ihrem Vergnügungspark willkommen heißt.

Nachdem ihr Vater fortgezogen war, kamen Annie und ihre Mutter oft hierher, nur sie beide.

Sie ritten auf Karussellpferden, tranken Slushies und aßen Corn Dogs. Das war lustig. Doch in letzter Zeit hatten sich auch jene besagten Freunde dazugesellt. Annie wünschte, es wäre wieder so wie vorher.

Ihre Mutter kauft zwanzig Tickets und warnt Annie, sich von Attraktionen für Erwachsene wie Achterbahnen oder Freddy's Free Fall fernzuhalten. Annie nickt. Sie kennt das Programm. Sie kennt die Imbissbude ebenso wie die Autoscooter. Sie weiß, dass ihre Mutter mit Bob weggehen, erst um sechzehn Uhr wieder zurückkehren und fragen wird: »Hast du Spaß gehabt, Annie?« Aber im Grunde wird es ihr egal sein, ob ihre Tochter Spaß hatte.

Am frühen Nachmittag brennt die Sonne herab, und Annie sitzt unter einem Tischschirm. Sie langweilt sich. Der alte Mann, der die Fahrgeschäfte repariert – ebenjener, auf dessen Arbeitskittel der Name EDDIE und die Bezeichnung WARTUNG zu lesen ist –, geht vorbei. Er nimmt auf der gegenüberliegenden Seite des Weges Platz, schaut sich um, als würde er die Fahrgeschäfte beobachten.

Annie nähert sich ihm in der Hoffnung, dass er Pfeifenreiniger in seiner Tasche hat.

»'tschuuuldigung, Eddie Wartung?«

Er seufzt. »Einfach Eddie.«

»Eddie?«

»Hmm.«

»Kannst du mir …«

Sie legt ihre Handflächen aneinander, als würde sie beten.

»Komm schon, Kleine. Ich hab nicht den ganzen Tag Zeit.«

Als sie um ein Tier bittet, beginnt er, gelbe Pfeifenreiniger zusammenzustecken. Schließlich reicht er ihr eine Figur in Form eines Hasen, den sie beglückt entgegennimmt, um zu Tisch und Schirm zurückzulaufen.

Eine Zeitlang spielt sie damit. Doch bald ist ihr wieder langweilig. Es ist erst vierzehn Uhr. Sie schlendert zur Hauptstraße und probiert ein Spiel aus, bei dem sie Holzringe auf Glasflaschen wirft. Das kostet sie ein Ticket, aber dafür gibt es auf jeden Fall irgendeinen Preis.

Nach drei Fehlwürfen erhält sie eine kleine Plastikschachtel – darin ein Flugzeug aus Balsaholz. Sie fügt die Teile ineinander und wirft es hoch in die Luft. Es fliegt eine Schleife. Das macht sie noch einmal.

Nach ihrem letzten Wurf gleitet das Flugzeug über die Köpfe der Besucher hinweg und landet jenseits eines Geländers, das den Zugang zu Freddy's Free Fall versperrt. Annie blickt in beide Richtungen. Die Erwachsenen überragen sie.

Sie schlüpft unter dem Geländer hindurch.

Sie hebt das Flugzeug auf.

Dann schreit eine Frau.

Jeder deutet zum Himmel.

PLÖTZLICH ergab alles einen Sinn – wer Sameer war und warum sie sich in diesem Krankenhaus aufhielten. Annies Geist ruhte im Krankenbett, im Innern ihres kindlichen Körpers, und blickte durch jugendfrische Augen. Sie wackelte mit den Füßen, die in gelben Krankenhaussocken steckten.

»Du warst mein Arzt«, flüsterte Annie.

»Deine Stimme kehrt zurück«, sagte Sameer.

Annie hustete und versuchte, den Worten mehr Nachdruck zu verleihen.

»Ich klinge wie ein Kind.«

»Im Himmel arbeitest du dich Schritt für Schritt voran.«

»Warum erlebe ich das noch einmal?«

»Weil alles miteinander verbunden ist. Mit zunehmendem Alter kam mir zu Bewusstsein, wie viel Glück ich gehabt hatte. Ich wurde ernst. Ich studierte, zuerst an der Hochschule, dann an der medizinischen Fakultät. Schließlich spezialisierte ich mich auf Replantation.«

Annie runzelte die Stirn.

»Ein modischer Ausdruck für die Wiederanbringung von Körperteilen.«

»Also hast du meine Hand gerettet?«

»Ich und drei andere Ärzte. Uns blieben nur ein paar Stunden. Danach wäre es zu spät gewesen.«

Sie starrte auf ihre junge, bandagierte Gliedmaße.

»Ich kann mich an den Unfall nicht erinnern«, sagte sie. »Ich hab die ganze Geschichte verdrängt.«

»Verständlich.«

»Und es tut mir wirklich leid, aber ich erinnere mich nicht an dich.«

Sameer zuckte die Achseln. »Viele Kinder erinnern sich nicht an ihre Ärzte. Angefangen bei denen, die ihnen auf die Welt geholfen haben.«

* * * * *

Annie musterte das reife Gesicht vor ihr, die vom mittleren Alter schweren Backen, die graumelierten Schläfen. In den dunklen Augen nahm sie den Schatten des impulsiven Jungen wahr.

»Wenn das der Himmel ist«, fragte sie, »warum bist du dann derjenige, der mich begrüßt? Sollte ich nicht Gott sehen? Oder Jesus? Oder wenigstens jemanden, an den ich mich erinnere?«

»Alles zu seiner Zeit«, erwiderte Sameer. »Aber die fünf Personen, denen du zuerst begegnest, wurden aus einem bestimmten Grund ausgewählt. Sie haben dich auf der Erde in irgendeiner Form beeinflusst. Vielleicht kanntest du sie, vielleicht auch nicht.«

»Wie hätten sie mich beeinflussen können, wenn ich sie gar nicht kannte?«

»Ah!« Er rieb sich die Hände. »Jetzt kommt der Unterrichtsteil.«

Er ging ums Bett und blickte durch das Fenster.

»Sag mir, Annie: Hat die Welt mit deiner Geburt begonnen?«

»Natürlich nicht.«

»Richtig. Nicht mit deiner, nicht mit meiner. Dennoch machen wir so viel Aufhebens von *unserer* Zeit auf Erden. Wir messen sie, vergleichen sie und meißeln sie auf unsere Grabsteine.

Wir vergessen, dass *unsere* Zeit mit den Zeiten anderer Menschen verknüpft ist. Wir kommen aus *einer* Zeit und kehren in *eine* Zeit zurück. So betrachtet ergibt ein in sich zusammenhängendes Universum tatsächlich Sinn.«

Annie schaute auf die weißen Laken, die blaue Decke und die dick bandagierte Hand, die auf ihrem kindlichen Bauch ruhte. In dieser Situation hatte ihr Leben gerade *keinen* Sinn mehr ergeben.

»Hast du gewusst«, fuhr Sameer fort, »dass man schon vor Jahrhunderten Pflaster und Klebeband benutzte, um Nasen wieder zu befestigen? Später verwendete man Wein und Urin, um abgetrennte Finger zu konservieren. Die Replantation von Hasenohren ging den entsprechenden Bemühungen an Menschen voraus. Und nicht lange vor meiner Geburt arbeiteten chinesische Ärzte, die solche Versuche unternahmen, unermüdlich mit Nadeln, die erst nach zwei Tagen abstumpften.

Manche beklagen, ihre Liebsten hätten überleben können, was sie umbrachte, wenn sie fünfzig Jahre später geboren worden wären. Aber was sie umbrachte, war möglicherweise ebenjenes einschneidende Ereignis, das jemand dazu veranlasste, ein Heilmittel zu finden.

Dem Zug hinterherzujagen war das Schlimmste, was ich je getan und mir selbst angetan habe. Doch meine Ärzte wandten ihr Wissen an, um mich zu retten. Und ich entwickelte weiter, was dann an dir praktiziert wurde. Bei deiner Hand erprobten wir ein Verfahren, das wir nie zuvor durchgeführt hatten, um eine bessere Durchblutung der Arterien zu gewährleisten. Es hat funktioniert.«

Er neigte sich Annie zu, berührte ihre Finger, und sie nahm wahr, wie sie sich aus ihrem jungen Körper erhob, um erneut jene völlig unsichtbare Gestalt anzunehmen, die ihr vorher eigen gewesen war.

»Vergiss nicht, Annie. Wenn wir wachsen, wachsen wir auf den Schultern derer, die uns vorangingen. Und wenn wir auseinanderfallen, greifen sie helfend ein, um uns wieder zusammenzufügen.«

Er legte seinen weißen Arztkittel ab und knöpfte das Hemd weit genug auf, dass er den Stoff über den rechten Arm ziehen konnte. Annie sah die schnörkeligen, jahrzehntealten Narben, die nun zu einem milchigen Weiß verblasst waren.

»Ob du mich kennst oder nicht – wir sind Teil voneinander.«

Er knöpfte sein Hemd wieder zu.

»Ende der Lektion.«

Annie spürte ein Kribbeln. Sie schaute an sich hinab. Ihre linke Hand kam erneut zum Vorschein. Zum ersten Mal empfand sie Schmerz im Himmel.

»Es wird nicht lange wehtun«, sagte Sameer. »Ist nur eine Erinnerung.«

»An meinen Verlust?«, fragte sie.

»An deine Verbundenheit«, erwiderte er.

* * * * *

Damit waren beide zurück an der Stelle, wo Annie im Leben nach dem Tod angekommen war, zwischen schneebedeckten Bergen und mächtigen Wolkenkratzern. Ein riesiges Rad tauchte auf, von dem sich in Windeseile Eisenbahnschienen entrollten. Annie sah einen Zug in ihre Richtung fahren.

»So habe ich mir den Himmel nicht vorgestellt.«

»Nun«, erklärte Sameer, »allmählich gewöhnst du dich an dein Umfeld in der Ewigkeit. Auf der Erde jagten Züge mir Angst und Schrecken ein. Nie wieder fuhr ich in einem. Aber hier gibt es nichts zu befürchten. Jetzt nehme ich diesen Zug, wann immer es mir gefällt.«

Annie warf ihm einen verblüfften Blick zu.

»Verstehst du nicht?«, fragte er. »Dies ist nicht dein Himmel, sondern meiner.«

Der Zug traf ein, die Türen schwangen auf.

»Es ist Zeit zum Aufbruch.«

»Wohin fahren wir?«

»Nicht *wir*, Annie. Hier ist das Ende meines Abschnitts im Himmel erreicht. Aber du hast noch mehr zu lernen.«

Er klopfte an die Außenwand des Waggons und setzte einen Fuß auf die Stufe.

»Viel Glück!«

»Warte!«, rief Annie. »Mein Tod. Ich habe versucht, meinen Mann zu retten. Er heißt Paulo. Hat er überlebt? Sag es mir, bitte. Sag mir, ob ich ihn gerettet habe.«

Die Lokomotive stieß einen Heulton aus.

»Das kann ich nicht«, entgegnete Sameer.

»Doch andere werden kommen«, fügte er hinzu.

Annie senkte die Augen.

»*Welche* anderen?«, wollte sie wissen.

Noch ehe er antworten konnte, glitt der Zug davon. Der Himmel nahm eine kastanienbraune Färbung an, in die sich ein Hauch Weinrot mischte. Dann wurde alles rings um Annie durch die Luft nach oben gesaugt und in einem Sturm körnigen Sands zurück auf den Boden gewirbelt.

Nun stand sie inmitten einer endlosen braunen Wüste.

Und sie war allein.

Annie macht einen Fehler

Ihre Hand ist infolge des Unfalls drei Wochen zuvor noch immer bandagiert, ihr Arm in einer Schlinge, um ihn ruhigzustellen. Sie sitzt auf ihrem Bett. Es gibt kaum etwas zu tun. Sie darf nicht nach draußen. Außerdem hat ihre Mutter das Fernsehgerät abgeschaltet und sogar dessen Kabel mit einer Schere durchschnitten.

Annie geht zum Fenster und sieht im Hinterhof Lorraine, die raucht. Sie hat Papiere auf dem Schoß, starrt aber auf die Wäscheleinen zwischen benachbarten Häusern. Annie bemerkt, dass es ihrer Mutter manchmal schwerfällt, sie anzuschauen. Vielleicht wünschen sich Eltern perfekte Kinder. Annie betrachtet ihre linke Hand, geschwollen und entstellt. Nun ist sie nicht mehr perfekt.

Sie hört Geräusche aus dem Erdgeschoss. Ein Klopfen an der Tür. Seltsam. Normalerweise klingeln die Leute. Annie geht die Stufen hinunter und vernimmt erneut das leise, zaghafte Klopfen. Sie dreht den Türgriff.

Auf der Veranda steht eine Frau. Sie trägt einen hellroten Blazer, Lipgloss und festes Puder-Make-up, das ihrer Haut eine durchgehende Tönung verleiht.

»Oh, wow!«, sagt die Frau. »Du bist Annie, stimmt's?«

Annie nickt.

»Wie geht's dir, Liebling?«

»Okay«, murmelt Annie.

»Wir haben uns Sorgen gemacht um dich.«

»Wieso?«

Die Frau, ununterbrochen lächelnd, macht Gesten hinter ihrem Rücken, als würde sie mit Fächern wedeln.

»Weißt du eigentlich, welch ein Glück du hast?«

»Ich fühle mich nicht beglückt.«

»Nein? Nun denn. Das ist verständlich. Tut dein Arm immer noch weh? Schau mal, da kommt mein Freund. Kannst du ihm – und mir – erzählen, was passiert ist?«

Annie ist verwirrt. Sie sieht einen Mann herbeieilen, der auf den Schultern eine große Kamera trägt. Dann erblickt sie weitere Leute, die ihm hinterherrennen.

»Beginn damit, woran du dich erinnerst«, sagt die Frau. »Du bist nach Ruby Pier gegangen und …«

Annie tritt einen Schritt zurück. Alle diese Menschen befinden sich nun auf der Veranda, halten ihr Kameras und Mikrofone vors Gesicht. Plötzlich spürt sie ein Zerren an ihrem T-Shirt, dann stellt sich ihre Mutter vor sie. Annie riecht den Zigarettenrauch auf deren Kleidung.

»Lasst uns in Ruhe!«, schreit ihre Mutter. »Ich ruf die Polizei! Da könnt ihr Gift drauf nehmen!«

Sie wirft die Tür ins Schloss und wendet Annie ihr wütendes Gesicht zu.

»Was hab ich dir gesagt! Geh NICHT an die Tür! Niemals! Diese Leute sind Aasgeier! Mach das ja nie wieder! Verstehst du mich?«

Annie bricht in Tränen aus. »Es tut mir leid … es tut mir leid …«

Ihre Mutter bekommt feuchte Augen. Sie bringt kein Wort mehr heraus. Annie rennt nach oben und schlägt ihre Zimmertür zu. So ist es jetzt. Jeden Tag weint eine von ihnen. Annie hasst das. Sie hasst ihre Hand. Sie hasst ihre Bandagen. Sie hasst, wie die Menschen sich ihr gegenüber verhalten. Sie hasst, was immer in Ruby Pier geschehen ist, woran sie sich nicht einmal erinnern kann.

Am nächsten Morgen weckt ihre Mutter sie früh auf.

»Los, komm schon«, sagt sie, in einen Mantel gekleidet. »Wir gehen fort von hier.«

Die nächste Ewigkeit

Annie beobachtete, wie der Himmel sich dunkler färbte, eine metallgraue und mokkabraune Tönung annahm. Ihre linke Hand stach schmerzhaft. Die lichte Helle, die sie bei ihrer Ankunft erfahren hatte, war verschwunden. Sie fühlte sich weniger wie ein Kind, sondern eher wie eine Schülerin – neugierig zwar, aber zögerlich, als würde sie sogar nach ihrem Tod weiter wachsen.

Allein in der Wüste, erblickte sie in der Ferne einen niedrigen Stapel, einziger Gegenstand in der ansonsten kahlen Landschaft. Sie benutzte ihre beiden Hände, um sich durch den Sand zu ziehen.

Als der Stapel fast in Reichweite war, blinzelte Annie, um sich zu vergewissern, was sie sah – nämlich ihre Füße, Beine, Arme sowie Rumpf und Hals, fein säuberlich übereinandergeschichtet.

Ihr Körper in Einzelteilen.

Was ist da los?, dachte sie. Sie versuchte, näher heranzurücken, doch plötzlich war sie dazu nicht imstande. Der Sand glitt ihr durch die Finger wie Zuckerwatte. Sie schaute sich um. Ein würgendes Gefühl von Einsamkeit ergriff von ihr Besitz. Annie hatte es oft empfunden in den Jahren nach dem Unfall – abgesondert, ausgestoßen, unfähig, etwas zu tun. Doch warum befiel es sie hier? Sollte der Himmel nicht das Ende solchen Leidens sein?

Lange Zeit, so schien ihr, verharrte sie regungslos, bis aus der ebenen Stille ein deutlich wahrnehmbares Geräusch drang. Rasch wurde es lauter, war zuerst nicht zu unterscheiden, dann aber sehr wohl erkennbar.

Das kann nicht sein!, dachte Annie. *Hundegebell?* Ja. Dann ein weiteres. Schließlich eine Kakofonie aus Heulen und Kläffen.

Annie drehte sich um, sah, wie der Sand sich erhob und zu beiden Seiten kleine Staubwolken aufwirbelte. Im Nu war sie eingekreist von einem Rudel Hunde jeder Rasse und Größe, die aufgeregt bellten, nach ihren Körperteilen schnappten und diese in die Luft schleuderten.

Annie presste ihre Hände auf die Ohren. »Hört auf damit!«, schrie sie. Ihre Stimme war tiefer als bei der Begegnung mit Sameer, hatte jedoch keinerlei Einfluss auf die Tiere. Sie knurrten und jaulten und wühlten überall Sand auf.

Ein brauner Labrador ließ einen von Annies Füßen in seiner Schnauze hin und her baumeln. »Nein!«, brüllte Annie und zerrte ihn an sich. »Das ist meiner!« Ein Afghanischer Windhund mit langem strähnigen Fell lief mit ihrem anderen Fuß vorbei. »Gib her!«, schrie sie und entrang ihn den gefletschten Zähnen.

Plötzlich, wie auf ein Zeichen, rotteten sich die Hunde zusammen und hetzten zum Horizont, die Überreste von Annies Körper in den Mäulern.

»Nein, wartet!«, hörte sie sich rufen.

Die Hunde schauten zurück, als würden sie Annie nachdrücklich auffordern, ihnen zu folgen. Sie suchte mit den Augen die kahle Wüste ab. Was immer dort draußen war, musste ihr mehr Antworten liefern als diese schauerliche Szene. So stellte sie die beiden losen Füße vor sich, rappelte sich mühsam hoch, bis sie das Gefühl hatte, aufrecht zu stehen.

»Komm schon«, sagte sie sich.

Und sie begann zu rennen.

Die zweite Person, der Annie im Himmel begegnet

Im Laufe der Jahrhunderte hat der Mensch unzählige Darstellungen vom Jenseits entworfen; wenn überhaupt, zeigen nur wenige die dahingeschiedene Seele allein. Obwohl wir uns auf der Erde in der einen oder anderen Weise absondern, sind wir in unserer letzten Glückseligkeit immer mit jemandem zusammen: mit dem Herrn oder Jesus, mit Heiligen, Engeln oder geliebten Wesen. Ein einsames Leben nach dem Tod erscheint unvorstellbar trostlos.

Vielleicht war das der Grund, warum Annie im Himmel dem Hunderudel hinterherlief, ohne zu ahnen, wohin sie gelangen würde. Sie folgte den Tieren einen steilen Abhang hinauf, über einen Kamm und in ein Tal hinunter. Das Firmament wechselte erneut seine Tönung, von Senfgelb zu Pflaumenblau, dann zu Waldgrün. Diese Farben wie auch die anderen, die seit ihrer Ankunft vorübergezogen waren, spiegelten die Gefühle ihres irdischen Lebens, wiederholten sie, während es wiederholt wurde. Aber das konnte Annie nicht wissen.

Stattdessen setzte sie die Verfolgung fort, bis die Hunde sich vom Rudel losrissen, in alle Richtungen auseinanderliefen, ähnlich den Speichen eines Rades. Der Boden teilte sich in ein Schachbrett mit kleinen grünen Rasenflächen, jede versehen mit einer unterschiedlich gestalteten Tür – aus Holz oder Metall, bemalt oder gebeizt, einige modern, andere altertümlich, manche rechteckig, wieder andere oben abgerundet. Die Hunde nahmen gehorsam Platz, einer vor jedem Eingang, als würden sie darauf warten, dass jemand ihn durchschreitet.

»Annie«, sagte eine belegte Stimme. »Endlich.«

Annie fuhr herum und sah eine elegante alte Frau. Sie schien in ihren Achtzigern oder Neunzigern zu sein, hatte volles Silberhaar, eine gebogene Nase, ein fliehendes Kinn und große traurige Augen. Sie trug einen knielangen Pelzmantel sowie eine mit farbenprächtigen Steinen besetzte Halskette.

»Wer bist du?«, fragte Annie.

Die Frau reagierte enttäuscht.

»Erinnerst du dich nicht?«

Annie betrachtete ihr lächelndes Gesicht, die gerunzelte und herabhängende Haut.

»Bist du …«

Die Frau neigte den Kopf.

»… meine zweite Person?«

»Ja.«

Annie seufzte. »Es tut mir leid. Auch dich kenne ich nicht.«

»Nun, du hattest eine schwierige Zeit, als wir uns begegneten.«

»Wann war das? Was haben wir gemacht? Wenn du in meinem Leben warst, warum ergibt dann nichts davon einen Sinn für mich?«

»Hm.«

Die alte Frau ging auf und ab, als würde sie über mögliche Optionen nachdenken. Dann blieb sie stehen, hob den Blick und deutete zum blauen Horizont, von wo ein Auto in ihre Richtung fuhr.

»Unternehmen wir einen Ausflug!«

* * * * *

Augenblicklich befand sich Annie auf dem Beifahrersitz. Sie war allein. Niemand saß am Steuer. Der Wagen raste durch flauschige Schwaden, dann durch strahlenden Sonnenschein. Die alte Frau rannte neben dem Fahrzeug her und spähte durch das Fenster.

»Willst du nicht reinkommen?«, schrie Annie.

»Nein, alles bestens!«, schrie die Frau zurück.

Schließlich (wiewohl Annie die Zeit im Himmel nicht messen konnte – diese fühlte sich an, als würde alles schnell geschehen und zugleich ewig dauern) kam der Wagen zum Stehen. Annie stieg aus. Die alte Frau, nach Atem ringend, trat neben sie. Sie blickten zu einem einstöckigen Gebäude auf einem Parkplatzgelände. Auf einem blauweißen Schild war zu lesen: TIERAUFFANGSTATION PETUMAH COUNTY.

»Ich erinnere mich an dieses Gebäude«, flüsterte Annie. »Dort haben wir meine Hündin mitgenommen.«

»Das stimmt.«

»Cleo.«

»Aha.«

»Das war dein Zuhause?«

»Damals, ja.«

Die alte Frau setzte sich.

»Woran erinnerst du dich sonst noch?«

* * * * *

Annie erinnerte sich an Folgendes: Nachdem sie bis dahin ihr ganzes Leben im selben Haus, in derselben Straße verbracht hatte, reisten sie und ihre Mutter kurzerhand ab. Sie stiegen einfach ins Auto und brausten davon – ihre Habseligkeiten in Koffern oder schwarzen Mülltüten, die Kofferraumklappe mit einem Gummiseil befestigt.

Sie fuhren tagelang, aßen in Raststätten oder

Fast-Food-Restaurants und schliefen im Auto. Sie machten Halt in einem Bundesstaat namens Arizona, wo sie einige Zeit in einem Motel wohnten. Der Teppichboden im Zimmer war blassgrün und das Telefon mit einem Schloss versehen.

Danach zogen sie in einen Wohnwagen um. Neben seinesgleichen stand er auf großen Blöcken in einem baumlosen Park. Sie schliefen, aßen, duschten und wuschen ihre Kleidung im Innern. Ihre einzigen Kontakte zur Außenwelt waren Besuche im Supermarkt, in der Bücherei (um für Annie Bücher zu besorgen) und einem nahe gelegenen Krankenhaus, wo Annie die Verbände gewechselt und die Schienen angepasst wurden. Noch immer konnte sie die linke Hand nicht benutzen und manchmal ihre Fingerspitzen nicht spüren. Sie fragte sich, ob sie für den Rest ihres Lebens würde tun müssen, was sie jetzt tat – alles mit einer Hand tragen, den Ellbogen einsetzen, um Türen aufzuhalten.

Mittlerweile hatten sich die Grundregeln des Zusammenlebens verschärft. Annie durfte nicht allein in den Park, außerdem nicht in Socken herumgehen (um nicht auszurutschen). Ein Skateboard wurde ebenso als zu gefährlich erachtet wie die meisten Geräte auf dem Spielplatz oder das Baumklettern. Häufig auf sich allein gestellt, las sie ihre ausgeliehenen Bücher, klemmte sie in die geschwächte linke Hand und blätterte mit der rechten um.

Eines Morgens nahm Lorraine ihre Tochter mit zu einem Amtsgericht, wo sie Papiere unterzeichnen musste.

»Warum?«, fragte Annie ihre Mutter.

»Wir ändern unseren Namen.«

»Ich heiße nicht mehr Annie?«

»Unseren Familiennamen.«

»Warum?«

»Spielt keine Rolle.«

»Warum?«

»Das erklär ich dir später.«

»Wann?«

* * * * *

Nie erhielt sie eine Antwort. Stattdessen vergingen die Monate in der Wohnwagensiedlung, und Annie wurde zunehmend trübseliger. In Arizona herrschte ständig Hitze, und die Leute in der Siedlung waren alt und langweilig. Lorraine redete nicht mit den Nachbarn und forderte Annie auf, es ebenfalls zu unterlassen. Nachts hörte sie ihre Mutter im Schlafzimmer nebenan weinen. Das machte Annie wütend.

Ich *bin diejenige, die verletzt wurde*, dachte sie.

Das war der Beginn ihres heimlichen Grolls. Dadurch fühlte Annie sich noch mehr allein, was wiederum ihre Bitterkeit nur vertiefte. Je öfter Lorraine weinte, desto weniger wusste Annie ihr zu sagen.

Eine Zeitlang sprachen beide kaum miteinander. Getrieben durch ihre Wut, widersetzte sich Annie mit wachsender Kühnheit den Regeln – und schlüpfte zum Beispiel nach draußen, wenn Lorraine weg war. In einem Buch hatte sie gelesen, dass man neue Blumen ziehen kann, indem man das Blatt von einer alten in Erde einpflanzt. Also versteckte sie eine Schere unter ihrem T-Shirt und schnitt in einem benachbarten Garten Blätter ab. Diese setzte sie in kleine Löcher und übergoss die Spitzen mit Wasser aus Plastikbechern. Das tat sie über mehrere Wochen, immerzu Ausschau haltend nach irgendeinem Lebenszeichen. Wenn sie ein Auto herankommen hörte, huschte sie in den Wohnwagen zurück.

Doch eines Nachmittags bewegte sie sich zu langsam. Ihre Mutter, die gerade von der Arbeit heimkehrte, beobachtete Annie dabei, wie sie die Wohnwagentür hinter sich zuzog.

Tags darauf war diese von außen verschlossen.

In der Weise ging es weiter. Während eines Abendessens war es in der winzigen Küche so still, dass Annie ihre Mutter kauen hören konnte.

»Werde ich jemals auf die Schule gehen?«, fragte Annie.

»Nicht so bald.«

»Wieso?«

»Ich muss mir erst über die Arbeit klarwerden.«

»Aber ich kenn hier niemanden.«

»Ich weiß.«

»Wann fahren wir nach Hause?«

»Wir fahren nicht.«

»Warum? Ich hab überhaupt keine Freundinnen! Ich will nach *Hause*!«

Annies Mutter schluckte und erhob sich leise. Sie ließ ihren Teller ins Spülbecken gleiten, ging ins nur wenige Schritte entfernte Schlafzimmer und schloss die Tür.

Am nächsten Morgen weckte sie Annie früh und bereitete Rühreier mit geriebenem Käse zu. Ohne Kommentar schob sie die Speise auf Annies Teller. Als ihre Tochter aufgegessen hatte, verkündete sie: »Wir machen einen Ausflug.«

Es regnete leicht, und während der gesamten Fahrt hielt Annie, die Mundwinkel mürrisch nach unten gezogen, ihre Arme verschränkt. Schließlich bog der Wagen auf ein Parkplatzgelände mit einem einstöckigen Gebäude und einem blauweißen Schild, auf dem stand: TIERAUFFANGSTATION PETUMAH COUNTY.

Sie schlenderten zur Rückseite des Hauses. Annie hörte ein Bellen. Ihre Augen weiteten sich.

»Legen wir uns einen *Hund* zu?«, fragte sie.

Lorraine blieb stehen. Ihr Gesicht schien zu bröckeln. Sie biss sich auf die Lippe und hielt die Tränen zurück.

»Was ist los, Mami?«

»Du lächelst«, erwiderte ihre Mutter.

* * * * *

An jenem Tag ging Annie an Dutzenden von geretteten oder ausgesetzten Hunden vorbei. Sie beobachtete, wie sie hochsprangen und an den Käfigtüren scharrten. Die Leiterin der Auffangstation meinte, Annie könne jeden Hund auswählen, den sie sich wünsche. Also studierte sie die Tiere sorgfältig, spielte mit mehreren, ließ sich von ihnen Wangen und Finger lecken. Am Ende der Reihe sah sie einen Käfig mit drei Welpen, das Fell kakaobraun und weiß. Zwei von ihnen rannten zur Tür und stellten sich kläffend auf die Hinterbeine. Der dritte blieb im Hintergrund. Um den Hals trug er einen Kunststofftrichter.

»Was ist denn das?«, fragte Annie.

»Ein Schutzkragen«, erwiderte die Frau, »um die Hündin daran zu hindern, dass sie beißt oder leckt.«

»Beißt oder leckt was?«, wollte Annie wissen.

»Ihre Wunde. Nachdem wir sie gefunden hatten, musste sie operiert werden.« Die Frau klimperte mit ihren Schlüsseln. »Eine schwierige Geschichte.«

Lorraine berührte Annies Schulter. »Komm, Liebling, da sind noch weitere zum Anschauen.«

Doch Annie war wie gebannt. Sie empfand etwas für dieses Geschöpf, verwundet, wie sie selbst verwundet war. Sie neigte den Kopf genauso, wie das Tier es tat. Dann machte sie leise Kussgeräusche. Die Hündin trat näher.

»Willst du mit der Kleinen spielen?«, fragte die Frau.

Annies Mutter warf ihr einen verärgerten Blick zu, aber die Frau öffnete die Käfigtür.

»Hierher, Cleo«, sagte sie. »Da möchte dich jemand kennenlernen.«

* * * * *

Während Annie diese Geschichte der alten Frau schilderte, erschien beiden die Szene wieder vor Augen. Die Besitzerin des Tierheims hatte langes, von silbernen Strähnen durchzogenes Haar, trug Bluejeans, schwarze Sportschuhe und ein verwaschenes Flanellhemd. Als sie Annie die Hündin mit Schutzkragen überreichte, lächelte sie über das ganze Gesicht.

»Bist du das?«, fragte Annie.

»Ja«, sagte die alte Frau.

Annie sah sich um.

»Wo ist meine Mutter? Sie hat mich an diesen Ort gebracht.«

»Das ist dein Himmel, Annie, und zugleich die Stelle, wo er sich mit dem meinen überschneidet. Andere sind nicht einbezogen.«

Das ließ Annie stutzig werden. Sie versuchte, sich zu fassen.

»Hab ich dir etwas getan?«

»Nun, ja.«

»Bin ich hier, um dafür Wiedergutmachung zu leisten?«

»Wiedergutmachung wofür?«

»Für meinen Fehler. Was immer es war.«

»Warum glaubst du, dass es ein Fehler war?«

Annie sprach nicht aus, was sie dachte – nämlich dass sie in ihrem ganzen Leben Fehler gemacht hatte.

»Erzähl mir von Cleo«, bat die alte Frau.

* * * * *

Tatsächlich war Cleo, halb Beagle, halb Boston Terrier, fast ein Jahr lang Annies wichtigste Gefährtin. Ihre Mutter konnte nur eine Teilzeitarbeit finden, Frühschichten in einer Fabrik für Autoteile; sie war bereits fort, wenn Annie aufwachte, und kehrte erst am Nachmittag wieder zurück. Annie hasste es, jeden Morgen Lorraine anzurufen und ihr zu berichten, sie habe inzwischen gefrühstückt. Aber besonders verhasst war ihr, das Gespräch zu beenden und allein zu sein. Mit Cleo befand sich endlich ein weiteres Lebewesen im Wohnwagen – ein pelziges, fußhohes Lebewesen mit braunen Schlappohren und einer Schnauze, die sich an den Lefzen wie ein Lächeln nach oben bog.

Am ersten Tag nach dem Besuch in der Tierauffangstation füllte Annie eine Schale mit Cornflakes für sich und eine Schale mit Kroketten für ihre neue Hündin. Sie beobachtete, wie Cleo mit dem unangenehmen Schutzkragen zu fressen versuchte. Die Operationswunde nahe ihrer Schulter war weiterhin rot. *Wie ist das passiert?*, fragte sich Annie. *Ist sie an einen scharfen Gegenstand gestoßen? Hat ein anderer Hund sie angegriffen?*

Cleo winselte, sobald der Kragen ihr den Zugang versperrte. Annie solle ihn ja nicht abnehmen, hatte Lorraine ihr sechsmal gesagt. Aber die Hündin schaute Annie an, als würde sie um Hilfe bitten, und Annie fühlte sich derart schlecht, dass sie sich vorbeugte und mit ihrer guten Hand den Verschluss öffnete. Cleo raste geradewegs zur Schale.

Als alle Kroketten gefressen waren, klopfte Annie auf die Oberschenkel, und Cleo kletterte an ihr hinauf. Sie kroch auf Annies Schoß und schnüffelte an ihren geschienten Fingern. Selbst wenn ihre Aufmerksamkeit auf etwas anderes gelenkt wurde, kehrte die Hündin zu Annies Verletzung zurück, leckte und stupste sie mit der Schnauze an.

»Willst du sie sehen?«, fragte Annie. Sie zog den Arm aus der Schlinge. Cleo leckte die Haut um das Handgelenk und wimmerte. Das rührte Annie zutiefst, als würde die Hündin mehr verstehen, als ein Hund verstehen sollte.

»Es tut immer noch weh«, flüsterte Annie. »Und ich weiß nicht einmal, was ich getan habe.«

Sie merkte, dass sie in Tränen ausbrach – vielleicht weil sie die Worte geäußert hatte: *Ich weiß nicht einmal, was ich getan habe.* Je mehr Annie weinte, desto herzzerreißender winselte die Hündin mit ihr und hob die Schnauze, um die Tränen abzulecken.

»Hast du gewusst«, sagte die alte Frau jetzt, neben der erwachsenen Annie stehend, »dass ein Hund eher zu einem weinenden Menschen geht als zu einem lächelnden? Hunde werden traurig, wenn die Leute ringsherum traurig werden. So sind sie veranlagt. Das nennt man Einfühlungsvermögen.

Menschen haben es auch. Aber es wird blockiert durch andere Dinge – Ego, Selbstmitleid, die Vorstellung, der eigene Schmerz müsse zuerst behandelt werden. Hunde kennen solche Probleme nicht.«

Annie beobachtete, wie ihr jüngeres Selbst die Wange an Cleos Schnauze rieb.

»Ich war einsam«, flüsterte sie.

»Das wusste ich.«

»Ich verlor alles, was mir vertraut war.«

»Das tut mir leid.«

»Hast du dich je so gefühlt?«

Die Frau nickte. »Einmal.«

»Wann?«, fragte Annie.

Die Frau deutete zum Fenster des Wohnwagens.

* * * * *

Annie ging die Stufen hinauf. Sie sah nicht den äußeren Bereich, stattdessen aber, durch das Glas, ein verdunkeltes Zimmer in einem verlassenen Haus. Es gab keine Möbel. Ein Fenster war zertrümmert. Auf die hintere Wand hatte jemand Graffiti gesprüht. In der Ecke erblickte Annie ein Augenpaar, das kaum Licht einfing. Sie bemerkte, dass es eine Hundemutter war, auf dem schmutzigen Boden liegend, umringt von Welpen, die an ihrem Bauch schnüffelten.

»Sie wurden eine Woche vorher geworfen«, sagte die alte Frau.

»Warum ist sie in diesem Haus?«

Ehe die alte Frau antworten konnte, sprang die Tür auf, und zwei Männer in T-Shirts, Jeans und Stiefeln, der eine mit Skimütze, stolperten herein, Bierdosen in der Hand. Als die Hundemutter knurrte, wichen sie zurück.

Der Mann mit der Skimütze schwankte für einen Moment und begann zu zittern. Dann zog er aus der hinteren Hosentasche eine Pistole.

»Nein …«, flüsterte Annie.

Er schoss drei Mal, jede Kugel erzeugte einen kleinen orangefarbenen Lichtblitz. Die Männer lachten. Sie nahmen einen Schluck aus ihren Dosen und feuerten abermals. Nach weiteren fünf Schüssen taumelten sie zur Tür hinaus.

»Was ist bloß *geschehen*?«, fragte Annie.

Die alte Frau wandte den Blick ab. Annie hörte von draußen gedämpftes Lachen und aus der Ecke ein Wimmern, durchbrochen von schrillen Schreien. Sie schaute zu, wie die Welpen mit den Pfoten immer wieder ihre nun leblose Mutter betasteten. Tränen rannen ihr über das Gesicht.

»Sie haben sie getötet?«

»Und einige ihrer Jungen«, erwiderte die alte Frau. »Drei haben überlebt.«

»Die arme Mutter.«

»Ja. So habe ich meine Mutter zum letzten Mal gesehen.«

Annie blinzelte. »*Was* hast du gesagt?«

Die Frau schlug den Kragen ihres Mantels zurück, beugte sich nach vorn und offenbarte eine alte Schusswunde auf der Schulter. Sie berührte Annies tränenüberströmte Wangen.

»Ich habe um dich geweint. Du weinst um mich.«

Annie macht einen Fehler

Sie zieht ein T-Shirt über den Kopf und legt Cleo die Leine an.

»Gehen wir, Mädchen!«

Seit dem Unfall sind acht Monate vergangen. Annies Bandagen sind verschwunden. Ebenso Cleos Kunststoffkragen. Rings um deren Wunde ist neues Fell gewachsen. Doch Annies Hand ist noch von roten Narben gezeichnet, die Haut wellig und verfärbt aufgrund der ungleichmäßigen Durchblutung. Oft krümmen sich die Finger unwillentlich, wodurch sie einer Klaue ähneln. Gerne würde Annie, so wie Cleo, die Fähigkeit besitzen, pelziges Fell über ihre Wunden wachsen zu lassen.

»Bleib jetzt an meiner Seite«, sagt sie und steigt auf ihr Fahrrad. »Renn nicht voraus.«

Eigentlich darf Annie nicht ohne ihre Mutter fahren noch Cleo außerhalb der Wohnwagensiedlung ausführen. Aber das Alleinsein hat sie erfinderisch gemacht. Außerdem gibt es etwas, das sie unbedingt sehen möchte.

»Komm schon, Mädchen. Los geht's!«

Während sie in die Pedale tritt, tollt die Hündin neben ihr her. Meistens steuert sie einhändig, diese Fertigkeit hat sie sich beigebracht. Beide durchqueren ein kleines Waldstück, bewegen sich eine Straße entlang und kommen schließlich zu einer Freifläche hinter einigen Hecken. Annie hält an und stellt das Fahrrad auf den Ständer. Zusammen mit Cleo wandert sie einen Hügel hinunter bis zu einem Drahtzaun, wo sie ihre Finger einhakt.

Vor ihr liegt eine Schule. Gleich beginnt die große Pause. Das weiß Annie. Sie ist vorher schon einmal hier gewesen.

Eine Glocke schrillt, und Kinder strömen aus den Türen, verteilen sich um Schaukeln oder treten gegen einen Ball. Ihre lauten Stimmen klingen fröhlich. Annie kauert sich tiefer. Sie erspäht zwei Mädchen, offenbar so alt wie sie, die zur Seite des Gebäudes schlendern. Das eine hat glattes blondes Haar, trägt schwarze Jeans und rosafarbene Sneaker. Annie wünschte, sie hätte solch rosafarbene Sneaker.

»Bleib da«, flüstert sie. Sie wickelt Cleos Leine um den Draht. Die Hündin winselt, aber Annie macht »Sch!« und entfernt sich auf Zehenspitzen.

Sie geht am Zaun entlang, biegt dann um eine Ecke, wo der Boden mit frischem, von einer Sprinkleranlage durchnässten Mulch bedeckt ist. Nun sieht sie die beiden Mädchen, die an der Außenwand des Schulgebäudes lehnen. Das eine nimmt etwas aus seiner Hosentasche und führt es zum Mund des anderen. Ein Lippenstift? Neugierig klettert Annie der besseren Aussicht wegen auf einen Baum. Die Mädchen starren in etwas – ein Spiegel vielleicht? – und ziehen Grimassen. Annie fragt sich, welche Farbe der Lippenstift wohl hat.

Plötzlich drehen sich die Mädchen in ihre Richtung, und Annie verliert das Gleichgewicht. Sie stürzt und landet auf ihrer verletzten Hand, ein zuckender Schmerz schießt durch ihren Körper. An den Armen klebt feuchter Mulch. Aus Angst, die Mädchen könnten herkommen, rührt sie sich nicht. Mindestens zehn Minuten bleibt sie so am Boden liegen.

Schließlich läutet die Glocke, schon bald verstummen die Stimmen. Mit pochendem Handgelenk erhebt sie sich langsam und stapft zu der Stelle, wo sie Cleo zurückgelassen hat.

Als sie dort eintrifft, ist die Hündin verschwunden.

Ihr Herz beginnt zu rasen. »Cleo?«, schreit sie. »Cleo?«

Im Eilschritt sucht sie den ganzen Zaun ab. Nichts. Sie rennt dieselbe Strecke zurück. Nichts. Sie läuft den Hügel hinauf zu ihrem Fahrrad. Nichts. Die nächste Stunde verbringt sie damit, immer wieder die gleichen Straßen zu umrunden, während die Tränen ihr in den Augen brennen, Cleos Namen zu schreien und zu beten, als Erwiderung deren Bellen zu hören.

In der Gewissheit, dass ihre Mutter bald zurück sein wird, radelt sie schluchzend nach Hause.

Am Wohnwagen hält sie inne, verschnauft kurz – und kann es nicht fassen: Dort vor der Tür sitzt Cleo. Von ihrem Hals windet sich die Leine wie eine Lederschlange.

»Oh, Cleo, komm her!«, ruft Annie, während die Hündin auf sie zurennt und in ihre geöffneten Arme springt, ihr die Ohren leckt und den Mulch an den Armen. Das ist viel besser, *denkt Annie*, ein Hund, der mich liebt, der glücklich ist, mich zu sehen, viel besser als diese Mädchen mit ihrem blöden Lippenstift, viel besser an jedem einzelnen Tag der Woche.

Die zweite Lektion

Annie starrte die alte Frau im Mantel an.

»Willst du damit sagen …?«

»Ich bin Cleo.«

»Aber du bist eine *Frau.*«

»Ich dachte, diese Daseinsform wäre einfacher.«

»Die Besitzerin der Tierauffangstation. Ich fragte, ob du das warst …«

»Sie hielt mich in den Armen. Du fragtest, ob *das* ich gewesen sei. Oder ich dachte, du fragtest danach. Entschuldige. Oft denken wir, es ginge um uns, auch wenn dem gar nicht so ist.«

Annie betrachtete die herabhängende Haut der Frau, die gebogene Nase, die Lücken zwischen den Zähnen.

»Cleo«, flüsterte sie.

»Ja.«

»Wir kommunizieren miteinander.«

»Wir haben immer miteinander kommuniziert. Hast du etwa nicht gewusst, wann ich hungrig war? Wann ich Angst hatte? Wann ich nach draußen wollte?«

»Wahrscheinlich schon«, erwiderte Annie. »Und du? Hast du verstanden, wenn ich zu dir sprach?«

»Nicht deine Worte. Aber deine Absicht. Hunde hören anders als Menschen; wir erkennen Gefühle in euren Stimmen. Wut, Angst, Leichtigkeit, Schwere – ich konnte sie an deinem Tonfall wahrnehmen. Ich konnte deinen Tag auf deiner Haut riechen – was du gegessen oder wann du geduscht hattest. Oder als du dir das Parfüm deiner Mutter aufs Handgelenk sprühtest. Erinnerst du dich? Du bist in ihr Zimmer geschlichen, hast dich vor ihren Spiegel gestellt und mir die Hand hingehalten, damit ich daran schnuppere.«

Annie blickte in Cleos Augen und versuchte sich deren übrige Eigenschaften vorzustellen – das kakaobraune Fell, die dünnen Schlappohren. Sie erinnerte die Dinge, die Cleo erinnerte. Sie vergegenwärtigte sich, wie Cleo älter wurde, ja sogar den Tag, an dem sie starb, die Fahrt im Auto ihrer Mutter zur Tierarztpraxis, als eine erschöpfte Cleo auf ihrem Schoß nur noch langsam atmete. Doch sie wusste nicht, inwiefern diese Erinnerungen jetzt eine Rolle spielen konnten.

»Warum bist du hier, Cleo?«, fragte Annie.

»Um dich etwas zu lehren. Jede Seele, der du im Himmel begegnest, tut das Gleiche.«

»Also haben Tiere eine Seele?«

Cleo schaute überrascht.

»Warum sollten sie keine haben?«

* * * * *

Mit einem Mal veränderte sich die Szenerie. Sie waren außerhalb des Wohnwagens, fern von dem verlassenen Haus, und schwebten nun in einem blassgrünen Himmel. Über ihnen erschien so etwas wie eine wuchtige Matratze mit orangefarbenen Laken und rosa Kissen, die wie niedrige Hügel aussahen.

»Warte«, sagte Annie. »Das ist mein altes Bett …«

»Genau.«

»Es ist riesig.«

»Nun, so wirkte es auf mich. Ich musste rennen und hochspringen, wenn du mich gerufen hast.«

»Warum bist du …«

»Einsamkeit, Annie. Ich bin hier, um sie dir zu erklären. Du hast unter ihr gelitten, hast dich wegen ihr gequält, aber ohne sie je zu verstehen.«

»Was gibt es an der Einsamkeit zu verstehen?«, erwiderte Annie in barschem Ton. »Sie ist schrecklich.«

»Nicht immer. Was meinst du, hättest du mich in der Tierauffangstation ausgewählt, wenn du dich nicht so allein gefühlt hättest? Oder meinen Schutzkragen abgenommen, um mich an jenem ersten Morgen fressen zu lassen? Deine Einsamkeit bescherte mir ein Zuhause. Und Glück.

Erinnerst du dich, was ich über das Einfühlungsvermögen gesagt habe? Es wirkt nach beiden Seiten. Ich war verwundet. Anders. Und du fühltest dich ...«

Annie blickte flüchtig auf ihre losgelöste Hand.

»Verwundet«, flüsterte sie. »Anders.«

»Und ...?«

»Allein.«

Die Frau nickte in Richtung der enormen Kissen, und Annie sah tausend Kindheitsnächte, in denen sie ihre geliebte Gefährtin zärtlich an sich drückte.

»Nicht mehr allein«, fügte Cleo hinzu.

* * * * *

Die Szenerie verwandelte sich erneut, diesmal zu jenen Rasenflächen im Schachbrettmuster, die Annie vorher erblickt hatte, zusammen mit den zahllosen, geduldig vor den Türen wartenden Hunden.

»Hast du je in Betracht gezogen, wie viele Lebewesen es auf der Erde gibt?«, fragte Cleo. »Menschen. Tiere. Vögel. Fische. Bäume. Da wundert man sich, wie irgendjemand das Gefühl haben kann, allein zu sein. Doch die Menschen empfinden es so. Das ist wirklich schade.«

Sie blickte zum Himmel auf, der mittlerweile eine dunkelviolette Färbung angenommen hatte. »Wir fürchten uns vor dem Alleinsein, Annie, aber eigentlich existiert es gar nicht. Es hat keine Form. Es ist nur ein Schatten, der über uns fällt. Und wie die Schatten erlöschen, wenn das Licht sich ändert, kann dieses traurige Gefühl verschwinden, sobald wir die Wahrheit erkennen.«

»Was ist die Wahrheit?«, fragte Annie.

»Dass das Ende des Alleinseins gekommen ist, wenn jemand dich braucht.« Die alte Frau lächelte. »Und die Welt ist so voller Bedürfnisse.«

* * * * *

In diesem Moment öffneten sich auf allen Rasenflächen schlagartig sämtliche Türen. Zum Vorschein kamen endlos viele finster dreinblickende Menschen – Kinder auf Krücken, Erwachsene in Rollstühlen, Soldaten in schmutzbefleckten Uniformen, Witwen mit verschleierten Gesichtern. Annie spürte, dass jede dieser Personen irgendeiner Art von Trost bedurfte. Schwanzwedelnd sprangen die Hunde zu ihnen. Sie leckten und liebkosten die traurigen Leute und wurden dafür von ihnen umarmt und zärtlich gedrückt. Eine grimmige Miene nach der anderen löste sich in dankbarem Lächeln auf.

»Das ist mein Himmel«, sagte Cleo.

»Du schaust zu, wie die Menschen nach Hause kommen?«, fragte Annie.

»Ich fühle die Freude, wenn sie heimkehren. Die Seelen finden wieder zueinander. Das hat etwas Göttliches.«

»Aber das geschieht jeden Tag.«

Cleo neigte den Kopf. »Geschehen göttliche Dinge nicht jeden Tag?«

Annie beobachtete die glückseligen Begrüßungen mit einem Anflug von Bedauern. Offenbar sollte das Leben nach dem Tod mit den vertrauten Wesen bevölkert werden; das sah sie jetzt mit eigenen Augen. Doch ihr Leben nach dem Tod verhieß, ohne Paulo zu sein, die Person, die sie am meisten liebte. Wie konnte sie da jemals froh werden?

»Was ist los, Annie?«

»Mein Mann. Ich habe versucht, ihm das Leben zu retten, und weiß nicht, ob es mir gelungen ist. Ich kann mich nur daran erinnern, dass sich Hände auf meine Schultern legten und jemand sagte: ›Wir sehen uns gleich wieder.‹ Aber dann: nichts als Leere.« Annie rang mit den Worten. »Solange Paulo lebte, bereitete mir der Gedanke, sterben zu müssen, kein Problem. Sag mir einfach, dass mein Tod nicht umsonst war.«

Die alte Frau lächelte.

»Keine gute Tat für einen anderen Menschen ist jemals umsonst.«

* * ★ * *

Damit nickte Cleo einer letzten Tür zu, und als diese aufschwang, erblickte Annie ihr neunjähriges Selbst, das vom Fahrrad hüpfte und losrannte, um Cleo an ebenjenem Tag zu umarmen, da sie die Hündin verloren geglaubt hatte.

Gleichzeitig neigte sich die alte Frau Annie zu, woraufhin deren Finger und Handflächen plötzlich von einer Wärme durchströmt wurden. Ihre Handgelenke tauchten wieder auf, dann ihre Ellbogen, Bizepse und Schultern.

»Meine Arme sind zurückgekehrt«, staunte Annie.

»Um zu halten, was du liebst«, flüsterte Cleo.

In Annies erneuter Umarmung schrumpfte Cleos weibliche Gestalt jäh zusammen. Ihr Mantel straffte sich und wurde zu ihrem Fell. Die Beine verkürzten sich. Ohren und Mundpartie dehnten sich aus. Nun offenbarte sie sich als die kleine Hündin, die sie auf der Erde gewesen war, und hechelte, als Annie sie hochhielt und sagte: »Da bist du. Cleo. Cleee-o!«

Eine Flut von Erinnerungen stieg in Annie auf: Cleo, die neben ihrem Fahrrad herrennt, Cleo, die sich von ihrem Teller ein Stück Pizza schnappt, Cleo, die herumrollt, als Annie sie am Bauch kitzelt. Sie empfand eine Freude wie schon seit Jahren nicht mehr. Nach all dieser Zeit, nach all den Rückschlägen und Enttäuschungen hielt sie ihre alte Hündin wieder in den Armen. Vielleicht hatte Cleo recht, vielleicht war die Wiederbegegnung der Seelen ein Geschenk des Himmels.

»Gutes Mädchen«, flüsterte Annie, als sie ein dankbares Zungenlecken an den Wangen spürte. »Gutes Mädchen.« Sie schloss die Augen, um noch mehr in der früheren Empfindung zu schwelgen.

Als sie sie öffnete, waren ihre Arme leer. So fand Annie sich abermals allein in der Wüste wieder.

SONNTAG, 11 UHR 14

Tolbert war wütend. Fast eine Stunde lang hatte er immer wieder seinen Assistenten Teddy angerufen. Keine Antwort.

Wie kann es sein, dass du nicht ans Telefon gehst? Was, wenn ich ein Kunde wäre? Tolbert schwor, Teddy zu feuern, sobald er ihm über den Weg liefe, obwohl es dieser Tage nicht einfach war, Ballon-Piloten zu finden.

Tolbert war erst spät, im Alter von zweiundfünfzig Jahren und nach seinem Ausscheiden aus der Marine, zum Ballonfahren gekommen. Schon früh war er Pilot gewesen, und selbst als die anderen sagten, er sei inzwischen zu alt dafür, verlor er nie das Interesse an der Luftfahrt. Ein Heißluftballon war natürlich nicht vergleichbar mit einem Kampfjet, aber er hob ihn zum Himmel empor und brachte vertraute Bereiche seiner Fachkenntnis zur Anwendung: Wind- und Wetteranalyse, Überprüfung der Ausrüstung. Außerdem gefiel es Tolbert, selbstständig arbeiten zu können.

Nun, so gut wie, dachte er jetzt im Nachgrübeln über Teddys Verantwortungslosigkeit, *nahezu selbstständig.*

Wenige Kilometer entfernt von der Scheune, in der die Ballonausrüstung gelagert war, lenkte er den Wagen seiner Frau auf eine unbefestigte Straße. Kurze Zeit später kniff er die Augen zusammen und trat mit voller Wucht auf die Bremse.

Vor ihm blockierten vier Polizeiautos mit aufblitzenden Kennleuchten die Fahrbahn.

Ein Beamter winkte Tolbert zur Seite.

Die nächste Ewigkeit

Starke Winde bliesen den Wüstensand fort, und Annie spürte, wie sie in wirbelnden Schattierungen von Scharlach- und Rosenrot aufstieg. Sie drehte sich wie eine Taschenuhr an der Kette. Zum ersten Mal seit ihrer Ankunft im Himmel wehrte sich Annie gegen das, was ihr widerfuhr. Sie schlug wild um sich, als wollte sie von einem Haken loskommen. Da nun auch ihre Beine zurückgekehrt waren, setzte sie diese ein, um heftig zu strampeln. Ein letzter Stoß befreite sie schließlich, und sie fiel.

Annie fiel durch offene Luft, durch korallenfarbene Wolken, bis sie unter sich eine große rosa Insel mit fünf Halbinseln erblickte, die wie Speichen herausragten. Sie bereitete sich auf einen harten Aufprall vor, aber im letzten Moment kippte sie zur Seite und landete weich auf dem Rücken.

Sie lag in rosa Schnee.

»Hallo?«, rief Annie, wobei ihre Stimme widerhallte im Tonfall eines Teenagers. »Ist irgendjemand hier?«

Sie schlackerte mit Armen und Beinen, um sicherzustellen, dass alles funktionierte. Dann erhob sie sich, stand auf den Füßen. Annie fühlte sich jetzt älter, kräftiger; es schien, als würde sie im Durchqueren des Himmels ihren irdischen Körper allmählich wiederherstellen. Auch ihre Gedanken wurden reifer. Eine Nervosität war über sie gekommen, eine Ungeduld, wie sie Jugendlichen eigen ist. Sie wollte Antworten auf ihre Fragen erhalten.

Annie blickte nach unten.

Mit ihrem Abdruck hatte sie einen Schnee-Engel geschaffen.

* * * * *

Annie sah sich um. Würde jemand kommen, um sie zu begrüßen? Sie fing an zu gehen, lief dann und rannte schließlich, immer wieder die Knie anhebend, um den Schnee abzuschütteln. Blitzartig vergegenwärtigte sie sich die Winter ihrer Kindheit – und trug plötzlich ihre alte magentafarbene Jacke, Pelzstiefel und schwarze Skihosen, als wäre sie durch die bloße Erinnerung daran angekleidet worden.

Das Schneegebiet dehnte sich aus, so weit das

Auge reichte. Der Himmel setzte sich aus Streifen zimtbraunen Lichts zusammen. Annie rannte in Richtung der Halbinseln, bis sie erschöpft innehielt. Sie schloss die Augen, um ihre Gedanken zu sammeln.

Als sie sie wieder öffnete, stand der Schnee-Engel vor ihr. Nur wies sein Kopf diesmal zwei Vertiefungen auf, aus denen Augen blickten.

Annie bewegte sich ein wenig. Die Augen folgten ihr.

»Bist du für mich da?«, fragte Annie zaghaft.

»Bist du für mich da?«, wiederholte eine Stimme.

Noch einmal schaute Annie sich um.

»Kenne ich dich?«, fragte sie weiter.

»Kenne ich dich?«, hallte es wider.

Annie beugte sich vor und blinzelte. Die Augen blinzelten ebenfalls. Sie wich zurück. Diese Augen sah sie jeden Tag im Spiegel.

»Du bist … ich?«, wollte sie wissen.

Keine Antwort.

»Sag etwas.«

Die Augen starrten nach oben.

»Was betrachtest du?«

In dem Moment rumorte der rosafarbene Schnee, und die fünf Halbinseln zogen sich zusammen wie Finger. Annie stellte fest, dass sie sich keineswegs auf einer Insel befand, sondern in einer riesigen Handfläche.

»Hallo, Liebling«, sagte jemand.

Annie zitterte. *Nein*, dachte sie, die Stimme sofort wiedererkennend. Sie hob die Augen zu der Stelle, auf der die Augen des Engels ruhten. Am Himmel zeichnete sich jenes Gesicht ab, das ihr im Leben am vertrautesten war.

»Mama?«, flüsterte Annie. »Bist du's?«

Annie macht einen Fehler

Sie ist zwölf Jahre alt und kommt in die Mittelstufe. Sie hofft, dass es dort besser sein wird als an der Grundschule. Bis Lorraine ihre Tochter endlich angemeldet hat, ist das Schuljahr schon halb vorbei. Annie ist »die Neue«. An ihrem ersten Tag verteilt die Kunstlehrerin Mal- und Zeichenutensilien, die Annie mit ihrer linken Hand nicht fest umgreifen kann und vor allen anderen fallen lässt. Die Kinder lachen.

»Nun, Schüler«, warnt die Lehrerin, »nur weil eine von euch anders ist, gibt es keinen Grund, sich ihr gegenüber anders zu verhalten« – was, wie Annie weiß, eine Einladung ist, genau das zu tun. Ihre Scheu wird umso größer.

Im Lauf der Wochen versucht sie Freundschaften zu schließen, manchmal mit Geschenken. Von zu Hause entwendet sie heimlich Beutel mit Schokostreusel-Keksen und überreicht sie während der großen Pause. Als sie einmal ein paar Mädchen über Schlümpfe sprechen hört, stiehlt sie bei einem Ladenbesuch mit ihrer Mutter eine Schachtel voller Figuren und versteckt sie unter dem Sweatshirt. Auch diese gibt sie weiter – bis ein Lehrer es bemerkt und ihre Mutter anruft, die tief beschämt Annie zu dem Laden zurück-

zerrt und sie zwingt, sich bei dem Geschäftsführer zu entschuldigen.

Während des ganzen nächsten Schuljahres und häufig in den beiden darauffolgenden muss Annie Schienen tragen, um ihre Finger gerade zu halten. Die hässlichen violetten Narben ziehen Blicke auf sich, woraufhin Annie die Gewohnheit entwickelt, ihre linke Hand wann immer möglich zu verbergen – hinter dem Rücken, in einer Jackentasche – oder durch ein Schulheft abzuschirmen. Trotz der Hitze in Arizona trägt sie oft Kleidungsstücke mit überlangen Ärmeln.

Lorraine besteht darauf, dass sie ihre Rehabilitationsübungen viele Male täglich macht, dabei mit dem Daumen jeden Finger berührt, als würde sie das Okay-Zeichen formen. Annie führt diese am Schultisch aus, in der Hoffnung, niemand würde es bemerken, doch bald gerät sie deswegen in Streit mit einem Mädchen namens Tracy.

»Okay, Annie, okay!«, ruft Tracy, die Gesten mit ihren Händen nachahmend. Andere lachen. Daraus wird Annies Spitzname: Okay-Annie. Die meisten Kinder nennen sie jetzt so.

Paulo – der Junge, dem sie beim Bockspringen begegnete – tut das niemals. In seiner Gegenwart fühlt Annie sich sicher. Sie vertraut ihm. Eines Tages beugt er sich in der Cafeteria nach vorn und legt ihre Hand in die seine, ohne überhaupt zu fragen.

»Es ist nicht so schlimm«, sagt er.

»Es ist widerlich«, entgegnet sie.

»Ich hab Schlimmeres gesehen.«

»Wo?«

»Ich sah ein Bild mit einem Typen, der von einem Bären angegriffen wurde. Das *war widerlich.«*

Annie muss fast lachen.

»Ich bin nicht von einem Bären angegriffen worden.«

»Wär auch gar nicht möglich gewesen. In Arizona gibt's keine Bären.«

Diesmal muss Annie lachen.

»Würdest du sie gern zurückverwandeln wollen?«

»Du meinst: Alles wieder normal?«

»Ja. Wenn du's könntest?«

»Soll das ein Scherz sein? Natürlich, auf jeden Fall!«

»Ich weiß nicht.« Er zuckt die Achseln. »Es macht dich anders.«

Genau das ist das Problem, *denkt Annie. Dennoch schätzt sie Paulos Mitgefühl. Im näheren Umgang mit ihm hat sie erfahren, dass er Fußball mag und Weltraumzeugs. Daraufhin durchstöberte sie bei einem Besuch in der Bücherei die Bände über Astronomie, bis sie einen entdeckte mit einem Kapitel über die Nordlichter. Darüber redet er ständig. Am nächsten Tag legt sie den Band vor Unterrichtsbeginn auf seinen Tisch.*

»Schau, was ich gefunden habe«, sagt sie.

Sein Mund verzieht sich zu einem Lächeln.

»Was denn?«

»Etwas, das ich gerade lese.«

Sie schlägt den Band auf und blättert bis zu dem Kapitel. Paulos Augen weiten sich. »Ausgeschlossen!«, ruft er. Annie wird ganz warm ums Herz und übergibt ihm das Buch.

»Für dich.«

»Ich dachte, du würdest es lesen.«

»Das kann ich tun, wenn du damit fertig bist.«

»Cool«, sagt er und nimmt es entgegen. Dann fügt er hinzu: »Vielen Dank, Annie.«

Nicht Okay-Annie. Einfach Annie.

* * * * *

Da beide nun in der Mittelstufe sind, hofft Annie, dass sie Paulo öfter sehen kann, aber ihre Mutter überwacht nach wie vor jede ihrer Bewegungen. Morgens setzt sie Annie vor der Schule ab; nachmittags parkt sie vor dem Haupteingang und drückt auf die Hupe. Annie senkt den Kopf und geht in starrer Körperhaltung zum Auto – gewiss, andere Kinder über sie lachen zu hören.

Eines Tages steht Annie nach dem Unterricht in der Eingangshalle und schaut durch das Glas. Draußen, nur wenige Schritte entfernt, haben sich ein paar hübsche Mädchen versammelt, alle mit violetten, über die Schultern geschwungenen

Rucksäcken. Annie will nicht, dass ihre Mutter hupt, solange sich die Mädchen in der Nähe befinden.

»Wie wär's, einfach abzuwarten, bis sie weg sind?«

Errötet blickt Annie auf. »Ist das nicht zu auffällig?«

»Komm. Ich möchte mit deiner Mutter sprechen.«

Ehe sie reagieren kann, ist Paulo bereits durch die Tür gegangen. Selbstsicher schreitet er voran, während Annie ihm hinterhereilt. Sie merkt, wie die Mädchen mit den Rucksäcken sie anstarren.

Als Paulo den Wagen erreicht, beugt er sich zum Fenster hinunter und reicht seine Hand hinein. »Hallo, Annies Mama, ich bin Paulo.«

Lorraine zögert. »Hallo, Paulo.«

»Da wir beide jetzt an dieser neuen Schule sind, kann ich Annie nach Hause begleiten, sodass Sie sie nicht jeden Tag fahren müssen. Ich wohne nicht weit von hier.«

Annies Herz rast. Paulo möchte mit ihr zusammen heimgehen?

»Danke, Paulo«, erwidert Lorraine. »Aber wir kommen schon zurecht. Los, Annie, steig ein, wir müssen Besorgungen erledigen.«

Annie sträubt sich. Sie will die Tür nicht öffnen. Paulo tut es an ihrer Stelle. Langsam gleitet sie ins Innere und lässt widerwillig zu, dass er sie schließt.

»Falls Sie Ihre Meinung ändern …«, meint Paulo.

Sie fahren davon.

»Tschüs!«, ruft Paulo.

Annie spürt, wie ihre Haut heiß wird. Nichts hatte sie sich mehr gewünscht als das, was Paulo gerade vorschlug, und ihre Mutter machte es zunichte, ohne mit der Wimper zu zucken.

»Warum musstest du so gemein zu ihm sein?«, fährt Annie sie an.

»Worüber redest du? Ich war nicht gemein.«

»Doch, das warst du!«

»Annie …«

»Warst du!«

»Er ist nur ein Junge …«

»Mein Gott, Mama! Warum musst du die ganze Zeit da sein? Ich hab dich dermaßen satt! Du behandelst mich wie ein kleines Kind! Nur wegen dir habe ich keine Freunde!«

Ihre Mutter presst die Lippen zusammen, als würde sie sich etwas verkneifen, das sie am liebsten herausschreien möchte. Sie bewegt die Hände über das Steuer.

»Mach deine Übungen«, sagt sie.

Die dritte Person, der Annie im Himmel begegnet

»Mama?«, flüsterte Annie.

Das Gesicht ihrer Mutter beanspruchte den ganzen Himmel. Es war überall, wohin Annie auch blickte. Ihr fiel auf, wie natürlich es sich anfühlte, dieses Wort *Mama* auszusprechen; doch wie lange schon war es ihr nicht mehr über die Lippen gekommen …

»Hallo, mein Engel«, erwiderte ihre Mutter – eine Wendung, die sie benutzt hatte, als Annie noch klein war. Ihre Stimme schien an Annies Ohren gepresst zu sein.

»Bist du's wirklich?«

»Ja, Annie.«

»Wir sind im Himmel?«

»Ja, Annie.«

»Hast du das auch erlebt? Fünf Personen begegnen …«

»Annie?«

»Ja?«

»Wo sind deine anderen Körperteile?«

Annie blickte auf ihre hohle Mitte, sichtbar nun durch die Winterjacke. Ihre Stimme zitterte.

»Ich habe einen Fehler gemacht, Mama. Es gab einen Unfall. Einen Absturz. Paulo. Ich versuchte ihn zu retten. Erinnerst du dich an Paulo? Der von der Schule? Wir haben geheiratet und eine Nacht zusammen verbracht. Dann unternahmen wir eine Ballonfahrt. Es war meine Schuld …«

Annie hielt inne und ließ den Kopf sinken, als würde das ganze Gewicht der Geschichte auf ihm lasten.

»Schau nach oben, Liebling«, sagte Lorraine.

Annie tat es. Die Haut ihrer Mutter war makellos, der Mund voll, das dichte kastanienbraune Haar dunkel an den Wurzeln. Annie hatte fast vergessen, wie schön ihre Mutter einmal gewesen war.

»Warum bist du so groß?«, flüsterte Annie.

»So hast du mich auf der Erde gesehen. Aber nun ist es Zeit, dass du mich siehst, wie ich mich sah.«

Ihre riesige Hand hob sich, dann senkte sie sich hinab zum Gesicht ihrer Tochter. Annie stolperte vorwärts, geradewegs hinein in die mütterlichen Augen, die sich wie ein tiefer Brunnen öffneten und sie vollständig verschluckten.

* * * * *

Am Anfang brauchen Kinder ihre Eltern. Im Lauf der Zeit weisen sie diese dann zurück. Schließlich werden sie selbst zu Eltern.

Annie durchlief alle diese Stadien mit Lorraine. Doch wie so viele Kinder kannte sie nie die Hintergrundgeschichte vom Opfer ihrer Mutter.

Lorraine war erst neunzehn, als sie Jerry begegnete, der sechsundzwanzig war. Sie arbeitete in einer Bäckerei; er fuhr das Brot aus. Lorraine war von ihrer Kleinstadt aus nie weiter als fünfzig Kilometer gereist und träumte davon, deren Langeweile ebenso zu entfliehen wie der steifen, hochgeschnittenen Dienstkleidung, die sie jeden Tag trug. Eines Abends erschien Jerry in Wildlederjacke und Engineer Boots und schlug ihr einen gemeinsamen Ausflug vor. Ohne Zwischenstopp fuhren sie durch die Nacht, bis die Ostküste vor ihnen auftauchte. Sie tranken. Sie lachten. Sie tollten barfuß in den Meereswellen. Sie benutzten Jerrys Jacke als Decke auf dem Sand.

Drei Wochen später wurden sie auf dem Standesamt in der Innenstadt getraut. Lorraine trug ein Kleid mit Paisley-Muster, Jerry ein kastanienbraunes Sportsakko. Sie prosteten sich mit Champagner zu und verbrachten das Wochenende in einem Motel am Strand, gingen schwimmen und tranken Wein im Bett. Ihre Leidenschaft war groß, aber wie die meisten Leidenschaften verglühte sie rasch. Sie schwand bereits dahin, als ein Jahr später Annie zur Welt kam.

Jerry war bei der Geburt nicht mit dabei, sondern außerhalb der Stadt, auf einer Übernachtfahrt mit dem Lieferwagen, aus der irgendwie fünf Tage Abwesenheit wurden. Lorraines Bruder Dennis brachte sie von der Klinik nach Hause.

»Ich kann es nicht glauben, dass er nicht da ist«, grummelte Dennis.

»Er wird kommen«, beschwichtigte Lorraine.

Aber die Tage vergingen, und er kam nicht. Lorraine erhielt Anrufe, Freunde wollten einen Besuch abstatten, fragten nach dem Namen des Babys. Lorraine wusste, welchen Namen sie wollte. Er ging zurück auf eine Frau, von der ihre Großmutter öfter gesprochen hatte: Annie Edson Taylor, die 1901 im Alter von dreiundsechzig Jahren in ein Fass stieg, sich als erster Mensch die Niagarafälle hinabstürzte und überlebte.

»Also dieses alte Mädel hatte *Mut*«, staunte ihre Großmutter. Sie sagte *Mut*, als handelte es sich um etwas Seltenes und Kostbares. Genau das wünschte sich Lorraine für ihre Tochter. Und sie selbst hätte gern mehr davon gehabt.

Es war Dienstagabend, als Jerry endlich heimkehrte, stark nach Alkohol riechend. Lorraine legte gerade das Baby in die Wiege. Sie rang sich ein Lächeln ab.

Er neigte den Kopf.
»Wie werden wir sie nennen?«
»Annie.«
Jerry schnaubte.
»Wie der Film? Wozu?«

* * * * *

Von diesem Moment an hatte Lorraine das Gefühl, Annie allein großzuziehen. Jerry unternahm weiterhin längere Touren mit seinem Lieferwagen und war manchmal Wochen unterwegs. Hielt er sich zu Hause auf, wollte er ungestört schlafen, seine pünktlichen Mahlzeiten und die volle Aufmerksamkeit seiner Frau – aber nur, wenn er bereit war, sich mit ihr ein wenig zu befassen.

Lorraine horchte auf und wandte den Kopf, sobald ihre Tochter schrie, doch Jerry fasste sie ans Kinn und drehte ihr Gesicht wieder ihm zu mit den Worten: »Hey, jetzt rede ich.«

Im Lauf der Monate wuchs seine Wut wie auch seine körperliche Kraft. Lorraine beschämte es, wieviel Angst sie jetzt vor ihm hatte und wie schnell sie auf seine Forderungen reagierte – in der Hoffnung, er würde sie nicht packen oder wegstoßen. Nie gingen sie zusammen aus. Ständig wusch sie Kleidung und spülte Geschirr. Es gab Phasen, da sie verzweifelt herauszufinden versuchte, wie sich ihr so offenes Leben während nur weniger Jahre in ein solches Gefängnis hatte verwandeln können. Oft dachte sie über einen anderen Verlauf ihrer Geschichte nach, hätte sie nicht in der Bäckerei gearbeitet und Jerry nicht getroffen, wäre sie in jener Nacht nicht in seinen Lieferwagen gestiegen und nicht von dem ungestümen Drang beherrscht gewesen, eine Ehe einzugehen.

Bald jedoch maßregelte sie sich für die Vorstellung von einer Welt ohne ihre Tochter, hob Annie sogleich in die Höhe, spürte das kleine Bündel an ihrem Körper ruhen, die butterweichen Wangen und die unnachahmliche Art, wie sie die Arme um ihren Nacken legte. All dies löschte jeglichen Gedanken an ein anderes Leben aus.

Darin beruht die entwaffnende Macht der Kinder: Ihre Bedürftigkeit lässt einen die eigene vergessen.

* * * * *

An Annies drittem Geburtstag ahnte Lorraine, dass die Ehe nicht halten würde. An deren viertem Geburtstag war sie sich dessen sicher. Jerrys Fortbleiben hatte nicht mehr nur mit seiner Arbeit zu tun. Als sie ihn wegen anderer Frauen zur Rede stellte, kam seine Gewalt zum Ausbruch. Lorraine ertrug ihn aus unangebrachtem Schuldgefühl und der Überzeugung, dass ihr kleines Mädchen einen Vater brauchte, ganz gleich, wie schlecht er war.

Als Jerry jedoch seine Wut an Annie abreagierte, sie wieder und wieder schlug, nachdem sie gegen seinen Willen den Gefrierschrank geöffnet hatte, entdeckte Lorraine eine innere Stärke, die ihr bisher unbekannt gewesen war. Sie warf ihn hinaus und wechselte die Schlösser. An jenem Abend drückte sie Annie fest an sich und weinte in ihr lockiges Haar, und Annie weinte ebenfalls, weil ihre Mutter traurig war.

Die Scheidung zog sich hin. Jerry behauptete, arbeitslos zu sein. Geld wurde zu einem Kampfmittel. Notgedrungen nahm Lorraine Tipparbeiten an, die sie zu Hause erledigte. In der Gewissheit, dass Annie durch die Abwesenheit ihres Vaters verwirrt war, gab sie sich größte Mühe, ihr aus eigener Kraft eine glückliche Welt zu schaffen. Sie ermunterte die Kleine, frei zu tanzen, laut zu singen; beide rannten zusammen unter Sprinkleranlagen hindurch und spielten stundenlang Brettspiele. Lorraine ließ Annie vor dem Spiegel rosa Lippenstift ausprobieren und ihr bevorzugtes Superheldin-Kostüm zu Halloween auswählen. Viele Monate teilten Mutter und Tochter das gleiche Bett, und Lorraine wiegte Annie mit einem Gutenachtlied in den Schlaf.

Aber da sich mit fortschreitender Zeit die unbezahlten Rechnungen häuften, musste Lorraine eine Stelle außer Haus antreten. Sie bat Nachbarn, nach der Schule auf Annie aufzupassen, und war erschöpft, wenn sie heimkehrte. Immer öfter schlief Annie in ihrem eigenen Zimmer. Schließlich wurde Lorraine von Männern in ihrem neuen Büro um eine Verabredung gebeten, und sie sagte schnell zu, zumal wenn jene die Babysitterin bezahlten. Sie hatte eine Reihe von kurzen Beziehungen, die allesamt scheiterten. Doch sie versuchte es weiter, getragen von der Zuversicht, ihr Leben zu ändern.

Dann kam der Tag in Ruby Pier, als ihr Wunsch in Erfüllung ging – allerdings nicht auf die Weise, wie sie es sich ersehnte.

* * * * *

Da im Himmel die eigene Vision mit anderen geteilt werden kann, fand Annie sich nach dem Eintauchen in die Augen ihrer Mutter nun in einer von deren Erinnerungen wieder. Sie saß an einem Tisch im Hinterhof ihres ersten Zuhauses. Der Himmel war weiß. Auf einer Wäscheleine hingen Bettlaken und Kleidungsstücke, genauso wie auf anderen Wäscheleinen in anderen Höfen. Lorraine trug hochhackige Schuhe und eine weiße Bluse, ihr Outfit bei der Arbeit. Auf ihrem Schoß lag eine Aktenmappe, in den Händen hielt sie Dokumente.

»Weißt du, was das ist, Annie?«

Annie, die noch immer zu begreifen versuchte, wie sie beide eigentlich hierhergekommen waren, schüttelte den Kopf.

»Ein Stapel Papiere von einem Rechtsanwalt. Dein Vater hat sie schicken lassen.«

Annie blinzelte. »Warum?«

»Er behauptet, ich sei eine unfähige Mutter. Wegen deinem Unfall. Er fordert das Sorgerecht.«

»Für mich?«

»Uneingeschränkt.«

»Aber ich habe Papa ...«

»... seit Jahren nicht mehr gesehen. Ich weiß. Aber er will den Vergnügungspark verklagen und braucht dich dafür. Er denkt, er kann ans große Geld kommen. Und wenn Jerry sich so etwas in den Kopf setzt, gibt er nicht auf.

Ich wusste, wie dein Leben aussehen würde, wenn er dich ganz für sich hätte. Ich wusste, wie gewalttätig er war. Also habe ich eine Entscheidung getroffen.«

Annie warf einen flüchtigen Blick zum Schlafzimmerfenster – und erkannte dort ihr jüngeres Selbst, das hinausschaute.

»Ich erinnere mich an den Tag ... Es war, als diese Reporter zur Tür kamen.«

»Genau.«

»Am nächsten Morgen sind wir abgereist.«

»Ich habe dir nie gesagt, warum.«

Lorraine legte die Papiere ab.

»Jetzt weißt du, warum.«

Sie stand auf und strich sich den Rock glatt.

»Das ist also ein Anfang«, sagte sie.

»Ein Anfang wozu?«, fragte Annie.

»Um keine Geheimnisse mehr voreinander zu haben. Komm. Es gibt noch mehr, was ich dir zeigen möchte.«

Annie merkte, wie sie an der Seite ihrer Mutter dahinschwebte. Der Nachmittagshimmel zerfloss zur Abenddämmerung. Sie sah ihr Auto am nächsten Morgen losfahren, die Kofferraumklappe mit einem Gummiseil befestigt.

»Diesen Aufbruch habe ich gehasst«, sagte Annie.

»Ich weiß.«

»Danach war es nie wieder wie vorher.«

»Es konnte nicht mehr so sein.«

»Wir haben alles hinter uns gelassen.«

»Nun, nicht alles.«

Sie glitten tiefer hinab, um Lorraine hinter dem Steuer zu erkennen, während Annie auf dem Sitz neben ihr schlief.

»Nicht uns beide.«

Annie macht einen Fehler

Sie ist vierzehn. Paulos Familie ist gerade dabei, nach Italien umzuziehen.

Vor diesem Tag hat Annie sich gefürchtet. Sie und Paulo treffen sich nun auch zwischen den Unterrichtsstunden und essen gemeinsam zu Mittag. Sie ist zu der Überzeugung gelangt, dass er mehr ist als ein Freund, jemand, den sie mag oder – auf ihre junge Art – sogar liebt. Darum macht sie indes kein Aufheben. Die erste Liebe bleibt oft eingeschlossen im Herzen, vergleichbar einer Pflanze, die nicht im Sonnenlicht gedeihen kann.

Doch jeden Tag denkt sie an Paulo. Annie stellt sich vor, wie sie Händchen halten, sich im Zoo oder Einkaufszentrum leicht anstoßen. Nur geht er jetzt fort, und sie verliert nicht allein ihren Freund (und was immer sonst er noch hätte werden können), sondern zudem ihren Schutzschild gegen die anderen Mädchen in der Schule.

Am Morgen seines letzten Tages steht Annie vor ihrem Spind und nimmt die Bücher heraus. Megan, eines der beliebten Mädchen, das niemals mit ihr spricht, nähert sich und sagt »Hallo«, worauf Annie verblüfft »Hallo« erwidert. »Ich wette«, fügt Megan hinzu, »dass du Paulo vermissen wirst«, was Annie erröten lässt. Aber Megan versichert: »Nein, im Ernst. Er ist süß. Ich würde ihn vermissen, wenn er mich so beachten würde, wie er dich beachtet.«

Ihre Worte überraschen Annie ebenso wie ihr Tonfall. Plötzlich verlockt sie die Aussicht, eine neue Freundin zu haben. Megan lächelt, und Annie verspürt den Drang, ihr zu gefallen.

»Schau«, sagt sie, ein Schulheft aufschlagend. Auf der Seite befindet sich eine Bleistiftzeichnung, die sie, gelangweilt vom Unterricht, von Paulo angefertigt hat. Annie ist eine begabte Künstlerin – die Darstellung mit Paulos großen, hervorgehobenen Augen ist eindrucksvoll.

»Oh mein Gott, das ist so gut!«, ruft Megan. »Ich muss ein Foto machen.« Sie zückt ein kleines Telefon und drückt auf den Auslöser, ehe Annie widersprechen kann. Diese hat noch nie ein Telefon gesehen, das zugleich ein Fotoapparat ist.

»Nagelneu«, sagt Megan und klappt es in ihre Richtung auf. »So cool, odcr?«

Sie zeigt Annie weitere Fotos, auf denen ihre Freundinnen vor der Linse posieren. Annie hat das Gefühl, in einem ganz besonderen Kreis zu sein.

Die Glocke schrillt.

»Tschüs«, sagt Megan.

Annie beobachtet, wie sie davoneilt. Vielleicht ist Paulos Abschied doch nicht das Ende, denkt sie. Vielleicht kann sie sich mit Megan über ihn unterhalten – und über andere Dinge, die beliebte Mädchen so bereden. Es ist ein neues Gefühl für Annie – sie lässt sich davon überwältigen, und ihre Stimmung hellt sich auf.

Als der Schultag ausklingt, schlendert sie in Richtung von Paulos Spind, wo sich beide gewöhnlich treffen. Annie hat einen Plan. Sie werden miteinander sprechen, wie sie es sonst auch tun, diesmal aber vielleicht besonders lange. Sie möchte ihm die Zeichnung geben. Sie will ihm sagen, er solle ihr aus Italien schreiben, sie werde ihm dann antworten. Am meisten wünscht sie sich, ihn zu küssen. Das wäre nicht allzu sonderbar, überlegt sie, schließlich zieht er in ein anderes Land. Leute küssen sich, nicht wahr? Ein flüchtiger Kuss auf die Wange? Oder auf den Mund? Darüber hat sie den ganzen Tag nachgedacht, eigentlich schon viele Tage.

Annie biegt in den Korridor ein.

Sie erstarrt.

Eine Gruppe von Schülern schart sich um Paulos Spind, er bildet den Mittelpunkt. Alle lachen, Mädchen wie Jungen, von denen einige ihm fest auf die Schulter klopfen. Megan steht neben Paulo und zeigt ihr Telefon herum.

»Mann, sieht echt aus wie du!«, schreit ein Junge.

»Sie ist deine Stalkerin«, brüllt ein anderer.

»Sie will deine Haut als Geburtstagsgeschenk tragen!«

Jeder lacht. Annie beobachtet Paulo. Er sagt kein Wort.

Plötzlich erblickt einer von ihnen Annie und ruft: »Oha!«, worauf sie einander antippen und sich ihr zuwenden. Sie hat den Eindruck, mit Pfeilen beschossen zu werden, und kann kaum schlucken. Zugleich fällt ihr auf, wie Megan das Telefon hinter ihrem Rücken verstaut.

Normalerweise würde sie den Kopf einziehen und verschwinden. Aber der Umstand, dass Paulo inmitten der anderen ist, übt eine Art Bann auf sie aus. Als hätten die ihr das Letzte genommen, was sie besaß. Langsam geht sie vorwärts, als würde jemand mechanisch ihre Füße bewegen, während die Jugendlichen zurückweichen wie Magneten mit umgekehrter Polarität. Direkt vor Megan bleibt sie stehen.

Annie gibt sich einen Ruck.

»Kann ich's auch sehen?«, fragt sie.

Megan verdreht die Augen. Sie hält das Telefon in die Höhe. Annie sieht das Foto ihrer Zeichnung. Paulo. Seine großen Augen.

»Warum zeigst du sie allen?«, fragt Annie mit zitternder Stimme. »Sie gehört dir nicht.«

Sie wendet sich Paulo zu. »Sie sollte dir gehören.«

Er öffnet verdutzt den Mund, sagt aber nichts. Für einen Moment sind alle wie erstarrt. Dann, nur wenige Zentimeter von ihm entfernt, fühlt Annie, wie etwas in ihr sich löst und sie antreibt.

Der nächsten Geste ist sie sich vollauf bewusst: Sie presst ihre Lippen auf die seinen. Es dauert eine Sekunde. Tränen quellen ihr aus den Augen.

»Auf Wiedersehen«, flüstert sie.

Annie macht kehrt und geht davon, unterdrückt dabei den Impuls, auf der Stelle loszulaufen. Sie hört eines der Mädchen sagen: »Ja, nur zu, Langweilerin!« Jemand anders äußert: »Oh … mein … Gott.« Um die Ecke gebogen, kann sie nicht länger an sich halten. Sie rennt und rennt immer weiter, durch die Hinterausgänge, dann die Straße hinunter, während Tränen auf ihren Wangen brennen.

Sie erreicht den Park und lässt sich auf eine Bank fallen, flankiert von zwei blauen Mülltonnen. Erst in der Dunkelheit kehrt sie nach Hause zurück. Als sie durch die Tür tritt, ist ihre Mutter außer sich.

»Warum kommst du so spät?«, schreit sie.

»Weil ich Lust dazu hatte!«, schreit Annie zurück.

Lorraine erteilt ihr für einen Monat Hausarrest.

Am nächsten Tag ist Paulo verschwunden.

ALLE KINDER HÜTEN GEHEIMNISSE. Alle Eltern tun das Gleiche. Wir gestalten jene Version der Geschichte, die andere glauben sollen, treiben die Verstellung weiter und verbergen die Wahrheit. So können wir von unseren engsten Familienmitgliedern geliebt werden und uns ihnen dennoch manchmal entziehen.

Angefangen bei ihrer fluchtartigen Reise, die sie kreuz und quer durch die Gegend führte, bis zu ihrem neuen Wohnsitz im ländlichen Arizona hielt Lorraine die eigenen Geheimnisse tief in sich verschlossen. Sie gab sich große Mühe, die Spuren ihrer Vergangenheit zu löschen. Sie beseitigte alte Fotos, rief langjährige Freunde nicht mehr an. Sie erwähnte ihren Exmann mit keinem Wort, sprach nie über Ruby Pier.

Sie hoffte, ein neuer Bundesstaat würde ein neues Leben bedeuten. Aber was immer wir getan haben, bleibt nicht weit hinter uns zurück. Und wie ein Schatten folgt es uns, wohin wir auch gehen.

Unterdessen hatte Annie frühere Hoffnungen aufgegeben und mit sechzehn Jahren ihre Rolle als Außenseiterin an der High School akzeptiert. Sie kannte kaum die Vorzüge der Freundschaft, verbrachte ihre Zeit größtenteils zu Hause und las Bücher, während ihre Hündin Cleo sich zärtlich an sie schmiegte. Ihre Figur hatte sich weiterentwickelt, und manchmal ertappte sie Jungen dabei, wie die sie in enger Kleidung anstarrten. Diese Art der Aufmerksamkeit verwirrte sie. Bemerkt zu werden, war in Ordnung, aber sie wollte *verstanden* werden. Nie wechselten sie auch nur ein Wort mit ihr.

Eines Tages fragte Annies Geschichtslehrerin nach familiären Wurzeln.

»Wie steht es bei dir, Annie?«

Annie sank tiefer in ihren Stuhl. Sie hasste es, aufgerufen zu werden, schaute zur Seite und sah einen dieser Jungen mit dem unverhohlenen Starrblick.

»Ich weiß nicht viel«, erwiderte sie.

Ein anderer Schüler sang die Worte *Weiß nicht viel*[2] aus einem populären Lied, und die Klasse lachte. Annie errötete.

»Nun, du wurdest nicht in Arizona geboren, oder?«

»Nein«, gestand Annie und brach damit eine der Regeln ihrer Mutter.

»Von wo kommst du?«

Im Versuch, die Sache hinter sich zu bringen, spuckte Annie ein paar Details aus, die Stadt, wie viele Jahre sie dort gewohnt hatte, woher ihrer Meinung nach die Großeltern stammten.

---

2 Anspielung auf den Song *Don't know much*, der 1989 durch Linda Ronstadt und Aaron Neville zu einem großen Erfolg wurde. Anm. d. Übers.

»Und warum bist du hierher gezogen?«, fragte die Lehrerin.

Annie erstarrte. Sie konnte sich keine Lüge ausdenken. Irgendjemand kicherte: »Das ist keine Fangfrage.«

»Ich hatte einen Unfall«, murmelte Annie.

Verlegenes Schweigen.

»Gut, möchte sich noch jemand zu dem Thema äußern?«, erwiderte die Lehrerin.

Annie atmete tief durch.

Kurz vor Ende des Unterrichts wurde den Schülern die Hausaufgabe aufgegeben, nach wichtigen Weltereignissen am Tag ihrer Geburt zu suchen. Sie konnten die Schulbibliothek benutzen, falls sie dazu Zugang hatten, oder elektronische Suchmaschinen, die gerade neu waren.

Da Annie keinen Computer besaß, griff sie auf die Mikrofiches in der Bibliothek zurück. So erfuhr sie, dass an ihrem Geburtstag eine Krise in Südafrika beigelegt wurde und ein berühmter Hockeyspieler einen Ligarekord brach. Das schrieb sie nieder.

Zum Ausklang der Woche sollten die Schüler über ihre Entdeckungen berichten. Annie stand auf, trug ihre spärlichen Fakten vor und setzte sich schnell wieder, froh, dass es vorbei war. Abwesend blickte sie durch das Fenster, bis sie Megan hörte, jene Jugendliche, die alles mit Paulo zerstört hatte und jetzt ihre Darstellung folgendermaßen abschloss: »Außerdem hab ich einen Computer benutzt und herausgefunden, dass Annies ›Unfall‹ in einem Vergnügungspark war und dass ihretwegen jemand gestorben ist.«

Einige Schüler schnappten nach Luft. Einer rief *»Was?«* Annie errötete mit einem Frösteln. Sie begann zu husten, rang nach Atem. Ihre Gedanken rasten zwischen den sie anstarrenden Gesichtern und jenem Tag in Ruby Pier hin und her, wiederholten bruchstückhaft einzelne Szenen – die Zugfahrt, und wie ihre Mutter dann mit Bob losgezogen war. Sie fühlte sich benommen. Ihr Arm glitt vom Tisch.

»Annie, bist du okay?«, fragte die Lehrerin. »Komm her, komm her, wir gehen nach draußen …«

Rasch zog sie Annie aus dem Klassenzimmer.

* * * * *

Als Annie an dem Tag in der Siedlung eintraf, marschierte sie geradewegs in den Wohnwagen, knallte ihre Bücher auf den Tisch und fing an, herauszuschreien, was Megan in der Klasse gesagt hatte. Lorraine, die, einen Stift in der Hand, über einen Stapel Rechnungen gebeugt war, erstarrte für einen Moment. Dann fuhr sie mit ihren Notizen fort, den Blick durch die Lesebrille nach unten gerichtet.

»Du wusstest, dass es in einem Vergnügungspark war«, sagte sie.

»Und was ist mit dem Rest der Geschichte, Mama?«

»Wie?«

»Hab ich jemanden umgebracht?«

»Natürlich nicht!« Lorraine steckte die Kappe auf den Stift. »Das ist eine böse Lüge von einem bösen Mädchen.«

»Bist du sicher?«

»Wie kannst du so etwas überhaupt denken?«

»Ist jemand gestorben?«

»Es war ein schlimmer Unfall, Annie. Es gab dort Arbeiter, Betreiber, Fahrgäste. Viele Menschen waren betroffen. Du warst ein Opfer, erinnerst du dich? Wir hätten sie verklagen können. Vielleicht hätte ich das tun sollen. All diese Rechnungen.«

»Ist jemand *gestorben*?«

»Ein Angestellter, glaube ich. Niemand, den du kanntest.«

»Was ist noch passiert?«

Lorraine riss sich die Brille vom Gesicht. »Brauchst du wirklich mehr Details? Jetzt, ganz plötzlich? Haben wir nicht schon genug durchgemacht?«

»Wir?«, schrie Annie. »Wirklich, Mama? WIR?«

»Ja!«, schrie Lorraine zurück. »Wirklich, Annie. WIR!«

»Ich hab *keine Freunde*, Mama! Ich möchte Freunde haben!«

»Auch ich hätte gern welche, Annie!«

»Ich werde niemals in diese Klasse zurückkehren!«

»Du wirst niemals an diese Schule zurückkehren!«

»Großartig!«

»Großartig!«

Beide hatten zornentbrannte Gesichter und atmeten schwer. Lorraine stand auf und ging in die Küche. Sie schlug auf den Wasserhahn und rieb sich kräftig die Hände unter dem Wasser. »Ehrlich, was für eine Art von Lernen ist das? Eure Geburtstage nachschauen? Es wäre besser für dich, zu Hause unterrichtet zu werden.«

»DAS kommt nicht in Frage!«, schrie Annie.

»Wir werden eine andere Schule finden.«

»Oh, mein Gott, Mama! MEIN GOTT!«

Annie ließ sich auf das Sofa fallen und zog sich ein Kissen übers Gesicht.

Später in der Woche wechselte sie die Schule, und als ihr auch diese nicht behagte, wechselte sie an eine andere. Über den Unfall selbst wurde nicht wieder gesprochen.

Aber eine Erinnerung totzuschweigen, bedeutet keineswegs, dass man von ihr befreit ist.

* * * * *

Die Schulwechsel bestärkten Annie in ihrer Entschlossenheit, sich den von Lorraine auferlegten

Beschränkungen zu entziehen. In der Abschlussklasse fand sie schließlich einen Weg, sie vollends zu umgehen.

Ein fester Freund mit Auto.

Er hieß Walt, war ein Jahr älter als Annie, hatte eine schlaksige Statur, eine markante Nase und dreieckige Koteletten. Mit ihm verbrachte sie die meisten Abende und Wochenenden. Walt rauchte selbstgedrehte Zigaretten und mochte Grunge-Musik. Er fand Annie sonderbar (»Du bist schräg, aber auf gute Art«, sagte er), was ihr gefiel, denn es verhieß Aufmerksamkeit, auch ihrem Körper gegenüber – die erste, die sie von einem Jungen erfuhr.

Mittlerweile war Annie hochgewachsen und wohlgeformt, mit langem lockigem Wuschelhaar und, wie jeder zu betonen schien, schönen geraden Zähnen. Sie kleidete sich schlicht, bevorzugte Leggings und abgetragene Turnschuhe. Die High School beendete sie mit einem Notendurchschnitt von vier, also sehr gut, und einer Freundanzahl von zwei: Judy, die eine altmodische Hornbrille und Vintage-Kleidung aus den Fünfzigern trug, sowie Brian, ein Mathegenie mit dünnem Oberlippenbart, den er ständig befingerte.

Nach der Abschlussfeier sah Annie keinen von beiden. Sie blieb nur lang genug, um ihr Zeugnis in Empfang zu nehmen und die Hand des Schuldirektors zu schütteln, der ihr zuflüsterte: »Viel Glück, Annie. Du kannst deinen Weg machen.«

Annie tat sogleich den ersten Schritt. Sie verließ die Bühne und ging direkt zum Parkplatz, wo Walt neben seinem grünen Nissan Coupé wartete.

»Juhu, du hast's hinter dir«, sagte er mit ausdruckslosem Gesicht.

»Gott sei Dank«, erwiderte Annie.

»Wohin willst du fahren?«

»Irgendwohin.«

»Musst du deine Mutter anrufen?«

»Ich hab ihr gesagt, dass sie nicht kommen soll. Wahrscheinlich ist sie trotzdem da.«

»Sie ist noch im Publikum?«

»Vermute ich.«

Walt blickte über ihre Schulter hinweg. »Vermute noch einmal.«

Annie drehte sich um und sah, wie ihre Mutter in türkisfarbenem Rock und Blazer, einen Glockenhut auf dem Kopf, schwankend den vorderen Rasen der Schule überquerte, während ihre hohen Absätze im Gras versanken. Sie wedelte mit den Armen und rief: »Annie! Was machst du?« Da der Wind blies, griff sie nach ihrem Hut, um ihn festzuhalten.

»Fahren wir«, murmelte Annie.

»Du willst nicht warten?«

»Fahren wir, sagte ich.«

Sie stieg ein und schlug die Tür zu. Walt startete den Motor. Der Wagen setzte sich in Bewegung. Zurück blieb Lorraine, die, Hand am Hut, beobachtete, wie die beiden an einem Schild vorbeirasten, auf dem stand: HERZLICHEN GLÜCKWUNSCH, ABSOLVENTEN!

Ein Jahr lang sprach Annie nicht mehr mit ihr.

* * * * *

Während dieser Zeit zog Annie bei Walt ein und teilte mit ihm das Untergeschoss im Haus seines Vaters, ein kleiner Bungalow im Landhausstil, eine Stunde von der Wohnwagensiedlung entfernt. Wohlwissend, dass sie aufgrund der Distanz ihrer Mutter nicht über den Weg laufen konnte, genoss sie die Freiheit, die ihr diese Einsicht bescherte. Sie schnitt sich das Haar vorne kurz und färbte es hellviolett. Walt gab ihr ein T-Shirt mit dem Aufdruck ICH SCHULDE DIR NICHTS. Sie trug es oft.

Walts Vater arbeitete in einer Molkerei. Er selbst reparierte Autos in einer nahe gelegenen Kfz-Werkstatt. Dank ihrem exzellenten Abschlusszeugnis erhielt Annie ein Stipendium am örtlichen Community College, belegte Kurse in Englischer Literatur und Fotografie und stellte sich vor, eines Tages Fotoreportagen für ein Reisemagazin zu schreiben. Vielleicht würde sie nach Italien fahren, herausfinden, wo Paulo lebte, dort plötzlich mit einer Kamera auftauchen und sagen: *»Oh, hallo, was für ein Zufall!«*

Im Lauf der Monate überlegte sie, ihre Mutter anzurufen, zumal wenn Walt sich wie ein Kind benahm, während des Essens schmollte oder sich weigerte zu duschen, bevor sie ausgingen. Doch wie bei vielen ihres Alters war Annies Verlangen nach Freiheit stärker als das Bedürfnis nach Unterweisung. Außerdem, was hatte ihre Mutter schon über Männer mitzuteilen? Annie konnte nicht ertragen, was ihr gewiss zu Ohren kommen würde: *»Willst du dein Leben wirklich so verbringen, Annie? Im Keller deines Freundes?«* Allein dieser Gedanke genügte, um den Hörer wieder aufzulegen.

Im darauffolgenden Sommer machte sie am Krankenhaus Halt, um ihren Onkel Dennis zu überraschen, der einige Jahre zuvor seine Praxis nach Arizona verlegt hatte. Es war nach 17 Uhr, und da sich am Empfangsschalter niemand blicken ließ, ging sie direkt zu seinem Büro und klopfte an die Tür. Sie hörte ein gedämpftes »Ja?« und drehte den Knauf.

»Annie?«, rief Dennis, dessen Augen immer größer wurden.

»Hallo, ich war gerade in der …«

Sie brach ab. Ihre Kehle schnürte sich zu. Nur wenige Schritte entfernt saß ihre Mutter auf einem Stuhl. Ihr Gesicht war ausgemergelt, ihre Augen lagen tief in den Höhlen. Unter einem blauen Pullover und einer hellbraunen Hose schienen die Gliedmaßen dünner, als Annie sie je gesehen hatte, krankhaft dünn, als wäre die ganze Person einfach zusammengeschrumpft.

»Hallo, Liebling«, sagte Lorraine mit schwacher Stimme. Sie warf ihrem Bruder einen kurzen Blick zu. »So brauchst du es ihr am Ende nicht zu erklären.«

* * * * *

Der Krebs hatte Lorraine schnell angegriffen und sich innerhalb von sechs Monaten an allen bekannten Heilverfahren vorbei ausgebreitet. In diesem Stadium zielte die Behandlung eher auf Tröstung ab denn auf Genesung.

Annie, entsetzt von der jähen Wendung, wusste nicht, wie sie reagieren sollte. Sie fühlte sich schuldig, beim Ausbruch der Krankheit nicht da gewesen zu sein, und zugleich verpflichtet, ihrer Mutter jetzt so viel Zeit wie möglich zu widmen. Ein Abstecher zur Apotheke. Eine Begegnung im Café nach der Arbeit. Auf einmal befand sich die eine wieder im Umkreis der anderen. Aber in ihren Gesprächen ging es weniger darum, was gesagt wurde, als darum, was verschwiegen wurde.

»Wie ist dein Tee?«, fragte Annie.

»Er ist in Ordnung«, erwiderte Lorraine.

»Wie läuft's am College?«, fragte Lorraine zurück.

»Alles in Ordnung«, antwortete Annie.

Keine von beiden hatte die Kraft, sich den Gefühlen zu stellen, die sie voreinander abschirmten. Sie waren höflich. Sie küssten sich flüchtig auf die Wangen. Annie hielt ihr die Wagentür auf und stützte im Gehen ihren Arm. Hätten sie mehr Zeit gehabt, wäre die Wand zwischen ihnen vielleicht zerbröckelt.

Aber die Welt richtet sich nicht nach unserer Zeitplanung.

»Ich liebe dich, Annie«, krächzte Lorraine eines Abends, da Annie ihr einen Teller mit gebratenem Gemüse reichte.

»Iss!«, sagte Annie. »Du brauchst deine Kraft.«

»Liebe ist Kraft«, entgegnete Lorraine.

Annie berührte die Schulter ihrer Mutter. Sie spürte die Konturen des Knochens, als wäre fast keine Haut darüber.

Zwei Tage später wurde Annie durch einen Anruf auf dem Mobiltelefon geweckt, bevor der Weckton einsetzte.

»Besser, du kommst gleich ins Krankenhaus«, flüsterte Dennis.

Er brach weinend zusammen, und Annie erging es ebenso.

* * * * *

Da Lorraine ihr Leben und das ihrer Tochter in Stillschweigen gehüllt hatte, fand sich auf dem Friedhof nur eine kleine Gruppe ein. Lediglich Annie, Walt, Onkel Dennis und einige Arbeitskollegen standen am Grab, während der Pastor ein Gebet vortrug.

»Seltsam«, sagte Lorraine, als die Szene jetzt vor ihnen beiden auftauchte. »Dauernd macht man sich Gedanken über die eigene Bestattung. Wie groß der Rahmen? Wer wird daran teilnehmen? Letzten Endes hat das alles keinerlei Bedeutung. Sobald du stirbst, wird dir klar, dass die Bestattung den anderen dient, nicht einem selbst.«

Sie beobachteten Annie im schwarzen Kleid, die in die Schulter ihres Onkels schluchzte.

»Du warst so traurig«, stellte Lorraine fest.

»Natürlich.«

»Warum hast du mich dann so lange ausgeschlossen?«

»Es tut mir leid, Mama.«

»Ich weiß, dass es dir leidtut. Ich frage dich: Warum?«

»Du weißt, warum.« Annie seufzte. »Du hast mich in Verlegenheit gebracht. Du hast mich unterdrückt. Jedes gesellige Beisammensein, das ich mir wünschte. Jede Möglichkeit, Spaß zu haben. Ich fühlte mich in meiner eigenen Kindheit wie eine Gefangene.

Ich konnte mich mit niemandem anfreunden. Ich durfte überhaupt nichts unternehmen. Jeder hielt mich für sonderbar – das Mädchen, dessen Mutter es nicht loslassen wollte.« Annie hob die linke Hand. »Das war nicht hilfreich.«

Lorraine wandte den Blick ab. Die Friedhofsszene verschwand in der Ferne.

»Was weißt du eigentlich über jenen Tag?«, fragte sie plötzlich.

»In Ruby Pier?«

»Ja.«

»Ich weiß gar nichts, erinnerst du dich? Er ist das schwarze Loch in meinem Leben. Du wolltest nicht darüber sprechen, so viel ist sicher. Wir fuhren im Zug dorthin. Wir kauften Tickets. Dann wachte ich im Krankenhaus auf, am ganzen Körper mit Bandagen bedeckt.«

Annie fühlte eine alte Wut in sich hochsteigen. Sie schüttelte den Kopf. Welchen Sinn hätte Wut im Himmel?

»Jedenfalls ist das alles, was ich weiß«, grummelte sie.

»Nun, ich weiß mehr«, sagte ihre Mutter und ergriff Annies Hand. »Und es ist an der Zeit, dass ich dir davon erzähle.«

Die dritte Lektion

Plötzlich befanden sie sich wieder in Ruby Pier, einer heißen Sommersonne ausgesetzt. Im Vordergrund erstreckte sich, lang und breit, eine hölzerne Promenade auf Pfeilern, wimmelnd von Strandgängern. Eltern schoben Kinderwagen. Jogger und Skateboarder kurvten durch die Menge.

»Kenne ich diese Leute?«, fragte Annie.

»Schau etwas tiefer«, sagte ihre Mutter.

Unterhalb der Promenade sah Annie ihre jüngere Mutter, die mit Bob, dem Mann aus dem Zug, durch den Sand schlenderte. Lorraine war barfuß und hielt ihre Schuhe in der Hand. Er zog sie immer wieder an sich, worauf sie ihn ausgelassen wegstieß. Etwas später blickte sie kurz auf ihre Uhr und wandte sich dem Meer zu. Bob drehte ihr Kinn in seine Richtung und küsste sie heftig auf den Mund.

»Hast du je daran gedacht, einen bestimmten Moment zu wiederholen?«, fragte Lorraine, während sie ihre Tochter aus dem Augenwinkel beobachtete. »Einen Moment, in dem du dir nicht vorstellen konntest, wie unwichtig das war, was du gerade machtest, und wie maßgeblich das sein würde, was dir dadurch entging?«

Annie nickte.

»Das war meiner«, sagte ihre Mutter. »In dem Moment kamst du mir in den Sinn. Daran erinnere ich mich, weil meine Uhr das Datum anzeigte: 7. März. Dein Geburtstag. Ich dachte: *Ich sollte zu Annie zurückkehren.*«

»Aber du hast es nicht getan.«

»Nein, habe ich nicht.«

Beide verfolgten weiter, wie Bob nach Lorraine griff, ihr Küsse auf den Nacken drückte. Er zog sie an den Armen, und sie fielen in den Sand.

»Nachdem dein Vater uns verlassen hatte, traf ich viele schlechte Entscheidungen«, fuhr Lorraine fort. »Ich fühlte mich unerwünscht, unattraktiv. Ich glaubte, die Männer seien an einer alleinerziehenden Mutter nicht interessiert. Daher habe ich den Bogen überspannt und bin einem nach dem anderen nachgelaufen. Ich wollte mein Leben ändern.«

Annie fiel ein, dass nach der Zeit ihres Zubettgehens ein stetiger Strom von Lorraines Liebhabern vorbeizog. Sie schlich sich aus dem Zimmer, verharrte oben auf dem Treppenabsatz, um zu beobachten, wie ihre Mutter mit dem aktuellen Partner fortging und die Babysitterin hinter den beiden die Haustür schloss.

»Ich war selbst noch jung«, sagte Lorraine. »Ich sehnte mich nach einem Neuanfang. Ich wünschte mir, was ich mit deinem Vater nicht gehabt hatte – Sicherheit, Zuneigung. Er zog andere Frauen vor, und tief im Innern wollte ich ihm offenbar beweisen, dass er dabei etwas versäumte.

Das war dumm. Liebe hat nichts mit Rache zu tun. Sie lässt sich nicht wie ein Stein irgendwo hinwerfen. Man kann sie nicht herstellen, um die eigenen Probleme zu lösen. Liebe zu erzwingen ist etwa so, als würde man eine Blume pflücken und dann darauf bestehen, dass sie wächst.«

Unter der hölzernen Promenade blieb Bob nun stehen und betätschelte wieder Lorraine, bis er schließlich seine Jacke abnahm und sie hinter ihnen auf dem Sand ausbreitete. Annie bemerkte, wie ihre Mutter jäh erschrak und mit den Händen die Ellbogen umschloss.

»In dem Moment traf es mich wie ein Schlag«, sagte Lorraine. »Dein Vater hatte Jahre zuvor dasselbe getan, als wir zum ersten Mal zusammen waren. Ein Strand. Seine Jacke. Wir legten uns in den Sand. So begann alles.

Mir wurde klar, dass ich gerade wieder die gleiche Dummheit beging wie damals mit ihm.

Warum glaubte ich, es würde diesmal eine andere Wendung nehmen?«

Sie sah Annie direkt in die Augen. »Es tut mir leid, Liebling. Ich war derart verzweifelt bemüht, jemanden zu finden, der mich liebt, dass ich eines vergaß – nämlich dass ich den besten Menschen ja schon hatte. Dich.«

»Mama«, flüsterte Annie. »Davon wusste ich nichts.«

Lorraine nickte. »Bis zu jenem Tag wusste auch ich nicht viel davon.«

Sie deutete zur Promenade. Beide sahen, wie Lorraine rasch aufstand und nach ihren Schuhen griff. Bob schien wütend, zog an ihren Beinen, bis sie sich losriss und davonlief. Er schlug mit der Faust in den Sand, der auf seine Hose rieselte.

»In dem Moment wollte ich dich unbedingt abholen, nach Hause bringen und dir ein Eis kaufen. Ich wollte dich zum glücklichsten Mädchen der Welt machen.

Es war, als hätte sich ein Vorhang gehoben. Ich hatte genug von all diesen Männern, die nicht zu mir passten, von dem albernen Flirten am Telefon. Endlich konnte ich die Dinge klar sehen.«

»Was geschah dann?«

Lorraine schaute weg. »Die Dinge klar zu sehen bedeutet noch lange nicht, dass man sie rechtzeitig sieht.«

* * * * *

Sie beobachteten, wie die jüngere Lorraine nach Ruby Pier eilte. Ein Krankenwagen mit Blaulicht und eingeschalteter Sirene raste an ihr vorüber. Polizeibeamte brüllten in Funkgeräte. Lorraine, völlig verwirrt, taumelte hin und her, während Menschenmengen auf die Hauptstraße strömten. Sie bahnte sich einen Weg an den Schaulustigen vorbei, den Autoscootern, dem Teetassen-Karussell und durch den Speise-Pavillon, immerzu schreiend: »Annie! ... Annie!«

Nach einer Stunde vergeblicher Suche erspähte sie schließlich einen Polizisten, der sich mit einem Arbeiter des Vergnügungsparks unterhielt, ein sehniger junger Mann, auf dessen Hemdaufnäher DOMINGUEZ zu lesen war. Sie standen vor einem gelben Absperrband. Der junge Mann hatte Tränen in den Augen.

»Können Sie mir helfen?«, redete Lorraine dazwischen. »Entschuldigen Sie. Ich weiß, dass Sie beschäftigt sind, was immer hier gerade passiert. Aber es geht um meine Tochter. Ich kann sie nicht finden. Ich habe überall nachgesehen. Ich mache mir Sorgen.«

Der Polizist warf Dominguez einen Blick zu.

»Wie sieht sie aus?«, fragte der Beamte.

Lorraine beschrieb Annie. Die abgeschnittenen Shorts. Das lindgrüne T-Shirt mit der Ente auf der Vorderseite.

»Oh, mein Gott«, flüsterte Dominguez.

* * * * *

Annie sah, wie der Himmel sich mattrot färbte.

»Das war der schlimmste Moment in meinem Leben«, sagte ihre Mutter. »Als meine Tochter mich am meisten brauchte, war ich mit einem Mann zusammen, der mir im Grunde völlig gleichgültig war.

Als ich im Krankenhaus eintraf, hatten sie mit der Operation schon begonnen. Ich musste fragen, was sie da taten. Ich. Deine Mutter. Fragen stellen wie eine Außenstehende. Ich weinte bitterlich. Nicht nur um deinen Schmerz, Annie, sondern um meine eigene Demütigung.

All diese Regeln? All die Beschränkungen und Ausgehverbote, die ich dir auferlegt hatte? Es war alles wegen diesem Tag. Niemals wollte ich einen weiteren Fehler machen.«

»Dafür habe ich dich gehasst«, sagte Annie mit sanfter Stimme.

»Nicht mehr, als ich mich hasste. Ich habe dich nicht beschützt, sondern, im Gegenteil, im Stich gelassen. Danach konnte ich mich nie wieder für eine gute Mutter halten.

Ich war zutiefst beschämt. Deshalb habe ich dich so ungerecht behandelt, wenn ich versuchte, hart gegen mich zu sein. Die Reue schlägt uns mit Blindheit, Annie. Während wir uns selbst bestrafen, erkennen wir nicht, wie wir dadurch andere Menschen bestrafen.«

Annie überlegte kurz. »Ist das die Lektion, die du mir hier beibringen sollst?«

»Nein«, sagte Lorraine leise. »Ich bin hier, um mein schmerzlichstes Geheimnis mitzuteilen.«

Annie starrte auf das junge, makellose Gesicht ihrer Mutter, das auf eine Frau hindeutete, die weiterhin in ihren Zwanzigern war. Dabei regte sich in ihr ein Drang, der sie im Leben jenseits des Todes erst noch überkommen musste: das Bedürfnis, sich zu offenbaren.

»Auch ich habe ein Geheimnis«, erklärte Annie.

Annie macht einen Fehler

Sie ist zwanzig – und schwanger. Eine alte Frau betritt die Arztpraxis und hält Annie, die gerade hinausgeht, die Tür auf.

»Das brauchen Sie nicht zu tun«, sagt Annie.

»Schon in Ordnung«, erwidert die Frau.

Annie berührt ihren Bauch. Es geschah ungeplant. Sie und Walt bewohnten noch immer das Untergeschoss des Bungalows, ihre Beziehung zog sich träge dahin; aber aus Mangel an Alternativen schien es einfacher, fortzufahren wie bisher statt alles hinter sich zu lassen.

Da sie sich ungewöhnlich erschöpft fühlte, ging Annie eines Tages zur Klinik auf dem Campus. Sie meinte, an Grippe erkrankt zu sein. Es wurde ein Bluttest gemacht. Am darauffolgenden Tag kehrte sie zurück.

»Nun, es ist keine Grippe«, begann der Arzt seine Ausführungen.

Den Rest des Tages verbrachte sie damit, sich in der Bibliothek zu verstecken, eine Hand auf dem Bauch, die andere um ein Papiertaschentuch geklammert. Schwanger?, *dachte sie. Sie war zu deprimiert, um sich von der Stelle zu rühren. Erst als ein Pförtner sie anstieß und sagte: »Wir schließen«, stand sie auf und schleppte sich nach Hause.*

Das Gespräch mit Walt war weniger als zufriedenstellend. Nachdem er nervös gelacht, dann eine Reihe von Flüchen ausgestoßen hatte, stapfte er eine halbe Stunde lang die Treppe hinauf und wieder hinunter. Schließlich war er einverstanden, Annie um des Kindes willen zu heiraten.

»Bevor es jeder sehen kann«, insistierte Annie.

»Na schön«, sagte Walt.

Im nächsten Monat gingen sie zum Standesamt (wie Lorraine und Jerry es Jahrzehnte vorher getan hatten) und unterzeichneten einige Papiere. Zwei Wochen später gaben sie ihre Eheschließung bekannt.

Walt erzählte es seinem Vater.

Annie sprach mit niemandem darüber.

Wie ihre Mutter war sie ungewollt mit der Elternschaft konfrontiert, hatte sie einen Ehemann, der kaum Begeisterung zeigte. Manchmal wünschte Annie, Lorraine wäre noch am Leben. Sie wollte sich bei ihr erkundigen, was sie erwartete. Doch meistens war sie froh, dass ihre Mutter nicht zugegen war und die ganze Sache mitbekam. Annie konnte die Enttäuschung nicht ertragen. Und schon gar nicht diese Frage: »Habe ich dich nicht gewarnt, vorsichtig zu sein?«, die sie sich bestimmt hätte anhören müssen. Annie war zur Verkörperung all der krankhaften Ängste ihrer Mutter geworden, eine törichte, ziemlich unachtsame Tochter, die jetzt auf einem Klebezettel im Untergeschoss ihres

Schwiegervaters die Telefonnummer der Geburtshelferin hatte.

Walt wurde immer fügsamer, wie ein gescholtener Welpe. Nach seiner abendlichen Heimkehr redete er kaum und entschied sich stattdessen, stundenlang fernzusehen – sein Körper so tief ins Sofa vergraben, dass er einem großen Kissen ähnelte. Annie reagierte nicht darauf. Was hätte es gebracht? Sie war zu der Überzeugung gelangt, das Zusammenleben mit einem Mann habe eher mit Toleranz als mit Romantik zu tun und die Ehe sei nur ein weiterer Reinfall auf dem eigenen Weg.

* * * * *

Nun, zurück in der Arztpraxis, schenkt jene alte Frau, die die Tür aufhält, Annie ein Lächeln.

»Im wievielten Monat?«

»Im siebten.«

»Jetzt wird's nicht mehr lang dauern.«

Annie nickt.

»Nun, viel Glück«, sagt die Frau.

Annie geht davon. Schon seit sehr langer Zeit hat sie kein Glück mehr empfunden.

An diesem Tag lässt Annie das Abendessen aus. Sie ist unruhig. Irgendwann beschließt sie, ein Kunststoffregal für Bücher zusammenzubauen. Als sie sich ruckartig umdreht, verspürt sie einen stechenden Schmerz im Bauch und krümmt sich vornüber.

»Oh nein«, stöhnt sie. »Nein … nein … Walt!«

Er fährt sie schleunigst zum Krankenhaus und lässt das Auto vor dem Eingang zur Notaufnahme stehen. Anschließend liegt sie auf einer Trage, die durch einen Flur gerollt wird.

Das Kind kommt kurz nach Mitternacht zur Welt: ein winziger Junge, weniger als drei Pfund leicht. Annie sieht ihn erst Stunden später, in einem Brutkasten der Neugeborenen-Intensivstation. Die Frühgeburt hat zur Folge, dass die Lungen des Kindes nicht voll entwickelt sind. »Wir müssen ihm helfen zu atmen«, erklärt ein Arzt.

Annie sitzt in einem blauen Flügelhemd da und starrt auf den Brutkasten. Ist sie jetzt wirklich Mutter? Sie kann ihr Kind noch nicht einmal berühren. Durch Schläuche wird es mit Nahrung und Medikamenten versorgt, ein weißes Klebeband überzieht seine rosigen Wangen, um ein Atemgerät zu fixieren, und eine ach so kleine blaue Mütze bedeckt Kopf und Ohren, um es warm zu halten. Der Apparat erledigt, was notwendig ist. Annie fühlt sich ausgeschlossen.

Als der Tag zur Nacht und die Nacht wieder zum Tag wird, sitzt sie noch immer regungslos inmitten einer Parade von Ärzten, Krankenschwestern und anderen Mitgliedern des Personals.

»Möchten Sie jemanden anrufen?«, fragt eine Krankenschwester.

»Nein.«

»Möchten Sie einen Kaffee?«

»Nein.«

»Möchten Sie eine Pause machen?«

»Nein.«

Was sie mehr als alles sonst tun möchte, ist, die Hand unter die gläserne Kuppel zu strecken, dieses winzige Geschöpf zu ergreifen und wegzulaufen. Sie denkt an ihre Mutter und an jene Zeit, als sie beide ihre Habseligkeiten zusammenpackten und einfach verschwanden.

Dann, um 10.23 Uhr, beginnt ein Monitor zu piepen, woraufhin eine Krankenschwester den Raum betritt, gefolgt von einer weiteren, die einen Arzt im Schlepptau hat. Nach wenigen Minuten wird der Brutkasten zur Chirurgie transportiert. Annie erhält die Mitteilung, sie solle warten.

Das Frühchen kehrt nie zurück.

Der winzige Junge stirbt drei Tage nach seiner Geburt. Die Ärzte blicken finster drein, beharren darauf, ihr Bestes getan zu haben. Die Pflegerinnen flüstern: »Das ist das Schlimmste überhaupt.« Annie bleibt gleichmütig, nimmt ausdruckslos das Mitgefühl der anderen wahr und den nun leeren Raum. Sie hört Walts Stimme, die immer wieder murmelt: »Oh Mann, ich kann's nicht fassen.« Sie betrachtet eingehend die Fenster, den Fußboden und die Waschbecken aus Aluminium. Sie starrt auf unbelebte Gegenstände, als würde sie mit den Augen ein Loch in sie bohren – bis Stunden später eine Sozialarbeiterin mit Klemmbrett in der Hand sich behutsam nähert, um einige Informationen zu erhalten, die für die »Formalitäten« notwendig seien, wobei dieser Ausdruck so viel bedeutet wie »Sterbeurkunde«.

»Wie lautete der Name des Kindes?«, beginnt sie.

Annie blinzelt. Sie hatte keinen Namen gewählt. Die Frage erscheint ihr wie die schwierigste Denksportaufgabe der Welt. Ein Name. Ein Name? Aus irgendeinem Grund fällt ihr nur der ihrer Mutter Lorraine ein, und so nuschelt sie etwas, das ihm nahekommt.

»Laurence.«

»Laurence«, wiederholt die Pflegerin.

Laurence, *denkt Annie. Die Welt schlägt ihr entgegen wie ein jäher Wasserstrahl. Sobald ein Säugling einen Namen hat, ist er wirklich. Und sobald er wirklich ist, ist er schon gestorben.*

»Laurence?«, flüstert Annie, als würde sie nach ihm fragen.

Schluchzend bricht sie zusammen und spricht tagelang kein Wort mehr.

ALS ANNIE DIE ERZÄHLUNG ihrer Geschichte beendete, wurde ihr bewusst, dass sie weinte, genau wie sie damals in jenem Krankenhaus geweint hatte. Ihre zu Boden fallenden Tränen bildeten einen kleinen Tümpel, der zu einem Bach anschwoll, der sich wiederum in einen Fluss verwandelte, türkisfarben schillernd, klar am Grund. Am Ufer erschienen Bäume mit breiten, farbenprächtigen Blättern, die sich öffneten wie Regenschirme.

»Lange hast du warten müssen, um das mit mir zu teilen«, sagte Lorraine.

»Eine Ewigkeit«, flüsterte Annie.

»Ich weiß. Ich habe es gefühlt.«

»Hier?«

»Sogar hier.«

»Ich habe nie jemandem davon erzählt, außer Onkel Dennis. Nicht einmal Paulo. Ich konnte es nicht.«

Lorraine blickte zu den Bäumen.

»Geheimnisse. Indem wir sie wahren, glauben wir alles beherrschen zu können, während sie uns doch die ganze Zeit beherrschen.«

»Der Säugling konnte nicht atmen«, versicherte Annie. »Als sie mir nach dem Ballonabsturz erklärten, Paulo könne nicht atmen, habe ich alles noch einmal durchgemacht. Ich sagte ihnen, was ich damals hatte sagen wollen: ›Nehmt meine

Lungen. Lasst mich für ihn atmen. Rettet einfach sein Leben.‹«

Mit flehendem Gesichtsausdruck wandte sich Annie ihrer Mutter zu.

»Mama. Hat Paulo überlebt? Sag es mir. Bitte. Wenn jemand dazu in der Lage ist, dann du, oder?«

Lorraine berührte ihre Wange. »Das zu wissen, ist mir nicht bestimmt.«

* * * * *

Eine Weile verharrten sie schweigsam. Lorraine tunkte ihre Hand ins Flusswasser.

»Habe ich dir je gesagt, warum ich dich Annie genannt habe?«

Annie schüttelte den Kopf.

»Eine Frau namens Annie Edson Taylor hat sich in einem Fass die Niagarafälle hinabgestürzt. Sie war dreiundsechzig. Eine Witwe. Sie wollte bekannt werden, Geld verdienen fürs Alter. Meine Großmutter pflegte zu sagen: ›Dieses alte Mädel hatte *Mut*‹. Das wünschte ich mir auch für dich: Mut.«

Annie runzelte die Stirn. »Anscheinend habe ich die an mich gestellten Erwartungen nicht erfüllt, stimmt's?«

Lorraine hob die Augenbrauen. »Oh doch, das hast du.«

»Mama, bitte. Ich war das Gegenteil eines mutigen Menschen. Ich bin weggelaufen. Ich habe in einem Untergeschoss gewohnt, aus dem falschen Grund geheiratet, zu früh ein Kind bekommen und selbst das nicht richtig gemacht. Lange Zeit war ich zu nichts nutze.«

Ihre Mutter verschränkte die Arme.

»Und dann?«

* * * * *

Und dann fand Annie tatsächlich Halt. Ihre Ehe mit Walt wurde geschieden, nachdem er behauptet hatte, durch die Schwangerschaft dazu gezwungen worden zu sein. Sie unterzeichneten einige Dokumente. Walt forderte seine Trainingshose zurück.

Annie zog zu ihrem Onkel Dennis. Die ersten Monate blieb sie im Haus und lag tagsüber im Bett. Sie trauerte um ihr verlorenes Kind, dann auch um ihre Mutter. Sie beklagte ihren Mangel an Vorstellungskraft hinsichtlich der Zukunft. Welche Aufgabe, welches Ziel hätte sie dazu bringen können, das Zimmer zu verlassen? Jede Idee schien unbedeutend, unlogisch. Annie war eine offene Wunde.

Aber auch eine offene Wunde bezeugt Offenheit.

Der Winter ging über ins Frühjahr, und das Frühjahr näherte sich dem Sommer. Allmählich stand Annie früher auf. Von ihrem Schlafzimmerfenster sah sie, wie ihr Onkel zum Krankenhaus aufbrach. Sie erinnerte sich an seinen Umzug nach Arizona; da war sie in der Mittelstufe. Sie fragte ihn, warum er den Osten verlasse, wo er aufgewachsen war. »Deine Mutter ist meine Familie«, erwiderte er. Annie wollte sagen: »Du machst Witze, oder? Du bist wegen *ihr* hierhergekommen?« Aber jetzt war sie froh, dass er es getan hatte. An wen sonst hätte sie sich wenden können?

Nachts hörte sie ihren Onkel mit Patienten am Telefon sprechen. In aller Ruhe beantwortete er ihre Fragen. Am Ende sagte er dann oft: »Dafür bin ich hier.« Das machte Annie stolz. Er war ein guter und anständiger Mann, was ihre Bewunderung für ihn noch vergrößerte. Bald schlug ein Same Wurzeln in ihrem Kopf: *Dafür bin ich hier.*

Eines Abends ging sie zur Küche hinunter, wo Dennis auf einem kleinen Fernsehbildschirm ein Football-Spiel anschaute.

»Hallo«, sagte er und schaltete das Gerät aus.

»Kann ich dich etwas fragen?«

»Natürlich.«

»Wie schwer ist der Beruf einer Krankenschwester?«

* * * * *

Im blauen Fluss des Lebens nach dem Tod legte Lorraine beide Hände aneinander, bildete daraus eine Hohlform, mit der sie Wasser schöpfte, und beobachtete, wie es ihr durch die Finger rann.

»Das ist dein Himmel?«, fragte Annie.

»Ist er nicht wunderschön? Nach all den Konflikten in meinem Leben sehnte ich mich nach heiterer Gelassenheit. Hier genieße ich eine Ruhe, die ich auf der Erde nie kannte.«

»Und du hast die ganze Zeit auf mich gewartet?«

»Was ist Zeit zwischen einer Mutter und ihrer Tochter? Nie zu viel, nie genug.«

»Mama?«

»Ja?«

»Wir haben uns häufig gestritten.«

»Ich weiß.« Sie nahm Annies linke Hand und führte sie ins Wasser. »Aber ist das alles, woran du dich erinnerst?«

Annie spürte, dass ihre Finger zu treiben begannen, ebenso wie ihre Gedanken. In der Widerspiegelung des Wassers sah sie ausschließlich liebevolle Szenen aus ihrer Kindheit, unzählige Erinnerungen, Lorraine, die ihr einen Gutenachtkuss gab, ein neues Geschenk auspackte, Schlagsahne auf Eierkuchen klatschte, sie auf ihr erstes Fahrrad setzte, ein zerrissenes Kinderkleid flickte, einen Lippenstift mit ihr teilte, am Radio den Knopf zu Annies bevorzugtem Sender drückte. Es war, als würde jemand einen Tresor öffnen, sodass alle diese zärtlichen Erinnerungen gleichzeitig bestaunt werden konnten.

»Warum habe ich das nicht vorher empfunden?«, flüsterte Annie.

»Weil wir eher unsere Narben annehmen als unsere Genesung«, erwiderte ihre Mutter. »Wir können uns genau an den Tag erinnern, als wir verletzt wurden, aber wer erinnert sich an den Tag, als die Wunde verheilt war?

Von dem Moment an, als du in jenem Krankenhaus aufgewacht bist, war ich anders zu dir, und du warst anders zu mir. Du warst übellaunig. Du warst außer dir. Ständig hast du mit mir gestritten, meine Vorschriften gehasst. Aber das war nicht der eigentliche Grund für deine Wut, oder?«

Lorraine beugte sich nach unten und umfasste Annies Finger.

»Kannst du dieses letzte Geheimnis preisgeben? Den wahren Grund für deinen Groll seit Ruby Pier nennen?«

Annies Kehle war wie zugeschnürt, ihre Stimme leiser als ein Flüstern.

»Weil du nicht da warst, um mich zu retten.«

Lorraine schloss die Augen. »Das stimmt. Kannst du es mir verzeihen?«

»Mama.«

»Ja?«

»Du musst gar nicht hören, dass ich es ausspreche.«

»Nein, muss ich nicht«, erwiderte Lorraine sanft. »Aber du musst es.«

Annie fing wieder zu weinen an, Tränen der Befreiung, der wohltuenden Befreiung, die Austreibung von Geheimnissen, die über viele Jahre unterdrückt worden waren. Ihr dämmerte, welche Opfer Lorraine vor und nach jenem Tag in Ruby Pier gebracht hatte, indem sie ihre Ehe beendete, ihr Zuhause und ihre Freunde ebenso hinter sich ließ wie ihre Geschichte und ihre Wünsche, um Annie zu ihrer einzigen Priorität zu machen. Sie dachte an die bescheidene Beisetzung ihrer Mutter, daran, wie rückhaltlos sie vieles von ihrem Leben hingegeben hatte, um das von Annie zu beschützen.

»Ja, ja, ich verzeihe dir, Mama. Natürlich verzeihe ich dir. Ich wusste es nicht. Ich liebe dich.«

Lorraine legte ihrer beide Hände ineinander.

»Gnade?«

»Gnade.«

»Dich *darüber* zu unterrichten«, sagte ihre Mutter lächelnd, »war ich hier.«

* * * * *

Damit hob Lorraine vom Boden ab und schwebte für einen Augenblick über Annie. Ein letztes Mal die Wange ihrer Tochter berührend, dehnte sie sich immer weiter aus und kehrte zum Himmel zurück, bis ihr Gesicht ihn aufs Neue beherrschte.

»Es ist Zeit zum Aufbruch, mein Engel.«

»Nein! Mama!«

»Du musst deinen Frieden schließen.«

»Aber wir haben unseren Frieden geschlossen!«

»Da ist noch jemand anderes.«

Ehe Annie antworten konnte, rauschte der Fluss dahin, und ein heftiger Regen setzte ein. Sie wurde fortgerissen, durch den dichten Schauer fast der Sicht beraubt. Plötzlich spürte sie einen Schlag – ein großes Holzfass stieß gegen ihre Hüfte. Annie kippte die Öffnung zur Seite und zog sich unbeschadet ins Innere. Die Wände waren mit einer braunen Substanz gebeizt, überall lagen Kissen zur Abpolsterung herum, alte Kissen, die offenbar noch aus der Zeit stammten, als ihre Namensvetterin jene berühmte Fahrt über die Niagarafälle unternommen hatte. Hin und her geworfen, gelang es ihr, sich in eine Sitzposition zu bringen, während der Fluss unter ihr rumorte.

Mit einem Ruck trieb das Fass vorwärts.

Sie hörte den tobenden Sturm und Wasser, das gegen Felsen brandete, lauter wurde, donnernd und unheildrohend. Sie fühlte etwas, das sie im Himmel erst noch fühlen musste: nackte Angst. Das Fass schoss über einen mächtigen Wasserfall, hinaus in eine Welt ohrenbetäubenden, brutalen Lärms, als würde Gottes eigene Stimme heulen. Bei diesem Sturz ins Leere erfuhr Annie das völlige Ausgeliefertsein während eines freien Falls. Sie war hilflos, ohne jede Kontrolle.

Sich gegen die Wände stemmend, blickte sie durch einen Wasserschleier zum Himmel auf und sah das Gesicht ihrer Mutter, die nach unten starrte, um ein einziges Wort zu flüstern.

»Mut.«

SONNTAG, 14 UHR 14

Tolbert entfernte sich von den Polizeibeamten, ging hinter den Streifenwagen zum Straßenrand und übergab sich.

Er hatte gerade ein Gemetzel gesehen, das ihm für alle Zeit im Gedächtnis bleiben würde. Das grüne, weitläufige Feld war mit Brandflecken übersät. In der Mitte befand sich ein Passagierkorb, bis zur Unkenntlichkeit verkohlt. Ringsum verstreut lagen dunkle, zerrissene Streifen, die einzigen Überreste seines vormals majestätischen Ballons.

Ein Augenzeuge des Absturzes, ein Jogger in gelbem T-Shirt, hatte der Polizei folgenden Bericht erstattet: »Der Ballon schlug gegen etwas in den Bäumen dort, und ich sah einen Lichtblitz. Er stürzte ab, prallte auf den Boden und schoss wieder in die Höhe. Eine Person fiel heraus. Die andere wurde herausgeschleudert. Ich vermute, die dritte sprang ab. Dann ging das ganze Ding in Flammen auf.«

Der Jogger hatte die Szene mit der Kamera seines Mobiltelefons gefilmt und die Notrufnummer gewählt. Alle drei Passagiere, zwei Männer und eine Frau, wurden umgehend zum Universitätskrankenhaus gebracht.

In Tolbert rang der Schock mit der Wut. Er konnte sich nicht vorstellen, woher diese beiden Kunden gekommen waren. So früh am Tag. Es hatte keine Reservierungen gegeben. *Was hat Teddy gemacht? Ich war doch nur wenige Stunden weg.*

Mehrmals rieb er sich mit den Handflächen übers Gesicht und kehrte dann zu den Polizisten zurück.

»Falls Sie mit mir hier fertig sind, muss ich unbedingt zu diesem Krankenhaus«, sagte er.

»Ich fahr Sie hin«, erwiderte ein Beamter.

»In Ordnung.«

Tolbert stieg in den Streifenwagen und schob sich tief in den Sitz – und zerbrach sich noch immer den Kopf über diese Tragödie am Sonntagmorgen, nichtsahnend, welche Rolle er darin gespielt hatte.

Die nächste Ewigkeit

Das Holzfass wurde unter Wasser gestoßen und versank lautlos. Annie zog sich durch die Öffnung, gelangte in eine weite grünliche Tiefe; diese glich eher einer See als dem Grund eines Wasserfalls. Sie ruderte mit den Armen, schwenkte den Kopf hin und her, sodass ihre Haare wie Tentakel um sie herumwirbelten. Hoch oben sah sie einen Lichtkreis wie den Ausschnitt am Ende eines Fernrohrs. Sie schwamm darauf zu.

Als Annie an die Oberfläche emportauchte, war ihre Haut trocken. Die Wasser zogen sich zurück, und sie fand sich in aufrechter Position am Ufer eines großen grauen Ozeans wieder, trug abgeschnittene Shorts und ein lindgrünes T-Shirt, das ihre hohle Mitte bedeckte. Der Himmel war von sommerlichem Blau, perfekt beleuchtet – nicht jedoch von der Sonne, sondern von einem einzigen weißen Stern.

Annie spürte den Sand unter den Füßen und eine sanfte Brise auf ihren Wangen. Während sie am Strand entlangging, kam ein prachtvoller Pier in Sicht, überragt von vergoldeten Türmen und Kuppelgewölben, einer Achterbahn aus Holz und einer Landezone für Fallschirmspringer.

Es war ein alter Vergnügungspark, ähnlich jenem, den Annie zu besuchen pflegte. Bei diesem Anblick musste sie an ihre Mutter denken. Endlich hatten sie sich versöhnt. Eine schwere Last war ihr abgenommen worden. Aber dann entzog sich Lorraine plötzlich. Das schien so ungerecht. Worin bestand der Sinn des Himmels und der Begegnungen mit fünf Personen, wenn jede von ihnen einen im Stich ließ, sobald die heilsame Tröstung zum Greifen nah war?

»Du musst deinen Frieden schließen«, hatte ihre Mutter gesagt. Warum? Mit wem? Annie wollte einfach nur, dass alles aufhört. Sie fühlte sich ausgelaugt, erschöpft, wie am Ende eines langen, anstrengenden Tages.

Sie tat einen halben Schritt und stolperte über etwas im Sand. Zu Boden schauend, entdeckte sie einen Gedenkstein. Als das Meerwasser darüber schwappte, kamen zwei Worte zum Vorschein:

EDDIE

WARTUNG

»Hallo, Kleine«, sagte eine barsche Stimme. »Macht es dir nichts aus, auf meinem Grab zu stehen?«

Annie macht einen Fehler

Sie ist fünfundzwanzig und arbeitet in einem Krankenhaus. Onkel Dennis trug finanziell dazu bei, die Krankenpflegeschule zu bezahlen, und Annie stellt zur eigenen Überraschung fest, dass diese Tätigkeit gut zu ihr passt. In naturwissenschaftlichen Fächern hatte sie stets überdurchschnittliche Leistungen erbracht, sodass ihr die medizinischen Studien keinerlei Mühe bereiteten. Dennoch ist ihre Haltung gegenüber den Patienten eine Offenbarung. Sie hört aufmerksam zu, tätschelt ihre Hände, grinst über ihre Witze und zeigt Mitgefühl für ihre Klagen. Zum Teil rührt das von einer Kindheit her, in der sie nach zwischenmenschlicher Intimität suchte, die ihr jedoch niemals gewährt wurde. Als Krankenschwester ist sie bei Patienten, die der Aufmerksamkeit, der Tröstung und sogar der Beratung bedürfen, nun besonders gefragt. Ihr wird bewusst, dass sie all dies mit Freude schenkt.

Ihre Vorgesetzte namens Beatrice ist eine stämmige Frau aus den Südstaaten, die knallroten Lippenstift und ärmellose Blusen trägt, selbst im Winter. Sie hat einen lockeren Sinn für Humor und macht Annie Komplimente im Hinblick auf deren Arbeit.

»Die Patienten vertrauen dir«, sagt sie. »Das ist großartig.«

Annie mag Beatrice. Manchmal sitzen sie noch spät im Schwesternzimmer zusammen und reden. Eines Abends kommt das Gespräch auf das Thema, ob und inwieweit Erinnerungen verdrängt werden können. Annie will wissen, ob Beatrice davon überzeugt sei, und die bejaht.

»Leute machen alles Mögliche aufgrund der Dinge, an die sie sich nicht erinnern«, erklärt sie. »Die Hälfte meiner Verwandten, wenn du mich fragst.«

Annie beschließt, ihr eigenes Kindheitstrauma anzudeuten.

»Etwas ist passiert, als ich acht war.«

»Ah ja?«

»Ein Unfall, ein schwerwiegender. Dabei hab ich mir das hier zugezogen.«

Sie streckt Beatrice ihre vernarbte Hand entgegen.

»Stört es dich immer noch?«

»Wenn's kalt ist. Und wenn ich die Finger nicht bewege …«

»Aber was ist denn passiert?«

»Nun, das ist genau der Punkt. Ich weiß nicht, was passiert ist. Ich hab's verdrängt.«

Beatrice überlegt einen Moment. »Es gibt Personen, mit denen du darüber sprechen kannst.«

»Ja, aber …« Annie beißt sich auf die Lippe.

»Was?«

»Da ist noch etwas anderes.«

»Was?«

»Ich glaube, jemand wurde getötet.«

Beatrices Augen weiten sich. »Na, das *ist eine Geschichte!«*

»Wenn ich mit jemandem spräche …«

»… hättest du Angst vor dem, was du herausfinden würdest?«

Annie nickt.

»Liebling, vielleicht hast du's deshalb von Anfang an verdrängt.«

Beatrice legt ihre Handfläche auf Annies versehrte Hand.

»Wenn du innerlich bereit bist, *dich zu erinnern, wirst du dich auch erinnern.«*

Annie zwingt sich zu einem Lächeln. Doch geistert ihr die Frage durch den Kopf, ob Beatrice jetzt weniger von ihr hält – von einer Frau mit einem Geheimnis, das sie vor ihr verbirgt.

Die vierte Person, der Annie im Himmel begegnet

»Es ist nicht *wirklich* mein Grab.«

Annie drehte sich um und erblickte einen untersetzten alten Mann, der im Sand stand, die Arme wie Flossen über der Brust gekreuzt. Er trug hellbraune Arbeitskleidung und Schiebermütze. Der Mann von ihrer Hochzeit. Der, den sie immer wieder gesehen hatte.

»Hier bin ich gestorben«, sagte er. »Nun, da drüben, im Park. Die Jungs, mit denen ich früher zusammenarbeitete, haben den Gedenkstein zu meinem Geburtstag angefertigt. Ich hab sie immer ›Backsteinköpfe‹ genannt, also gaben sie mir diesen Backstein. Lauter Scherzkekse.«

Er zuckte die schweren Schultern. Sein Haar war weiß, die Ohren groß und die Nase flach und schief, als wäre sie mehr als einmal gebrochen worden. Die Falten um seine Augen verliefen nach unten bis zu den bärtigen Wangen. Jetzt hoben sie sich zu einem freundlichen Grinsen.

»Hallo, Kleine«, sagte er, als würde er sie kennen.

»Du warst auf meiner Hochzeit«, flüsterte Annie. »Du hast mir gewunken.«

»Irgendwie hab ich gehofft, du wärst älter.«

»Älter?«

»Du bist schrecklich jung für das Leben hier.«

»Es gab einen Unfall.«

Sie schaute weg.

»Kannst mir ruhig davon erzählen«, versicherte er.

»Ein Heißluftballon. Er fing Feuer. Mein Mann und ich waren im Passagierkorb.«

»Und?«

»Er wurde verletzt, schwer verletzt. Er konnte nicht mehr atmen.«

»Was war mit dir?«

»Sie haben einen meiner Lungenflügel herausgenommen. Um ihn zu retten. Während der Transplantation bin ich offenbar ...«

Der alte Mann zog eine Braue hoch.

»Gestorben?«

Bei diesem Wort zuckte Annie immer noch zusammen. »Ja. Und ich weiß nicht, was mit meinem Mann geschehen ist. Ich kann mich nur an den Operationssaal erinnern, daran, wie jemand meine Schultern berührte und sagte: ›Wir sehen uns gleich wieder.‹ Als würde ich in ein paar Stunden wieder aufwachen. Aber dem war nicht so.«

»Lass mich raten«, sagte der alte Mann und rieb sich das Kinn. »Du hast jeden im Himmel gefragt: ›Hat er überlebt? Habe ich ihn gerettet?‹«

»Woher weißt du das?«

»Nach meiner Ankunft hier oben bin ich auch fünf Personen begegnet. Und noch bevor ich mit allem durch war, stellte ich jeder von ihnen die gleiche Frage, weil ich mich nicht an meine letzten Sekunden auf der Erde erinnern konnte: ›Was ist passiert? Habe ich das kleine Mädchen gerettet? War mein Leben nur eine große Zeitverschwendung?‹«

»Warte«, erwiderte Annie. »Das kleine Mädchen?«

Der alte Mann setzte seinen starren Blick auf, dem auszuweichen sie nicht die Kraft hatte. Dabei fiel ihr ein Stofffetzen nahe seinem Herzen auf, bestickt mit den gleichen zwei Worten, die auf dem Gedenkstein standen.

»Eddie … Wartung«, sagte sie.

»Kleines Mädchen«, gab er zurück.

Er streckte seine fleischigen Finger aus, worauf die von Annie sich unwillkürlich hoben, um ihnen zu begegnen. Im Moment der Berührung fühlte Annie sich sicherer als je zuvor – wie ein junger Vogel, der unter das Obdach eines mächtigen Flügels kriecht.

»Ist schon gut, Kleine«, flüsterte der alte Mann. »Jetzt wird alles sich aufklären.«

* * * * *

Wenn Menschen eine Nahtoderfahrung machen, sagen sie hinterher oft: »Vor meinen Augen ist mein ganzes Leben aufgeblitzt.« Wissenschaftler haben dieses Phänomen untersucht und festgestellt, dass bestimmte Bereiche der Hirnrinde möglicherweise unter Sauerstoffmangel und Blutverlust leiden, was während eines schweren Traumas die Freisetzung von Erinnerungen bewirken kann.

Doch die Wissenschaft weiß nur, was sie weiß. Und da ihr ein Verständnis von der nächsten Welt fehlt, vermag sie nicht zu erklären, dass der Blitz vor den Augen eigentlich ein kurzer Blick hinter den Vorhang des Himmels ist, wo das eigene Leben und die Leben all derer, die man im Diesseits berührt hat, auf ein und derselben Ebene angesiedelt sind. Wird man also *einer* Erinnerung gewahr, sieht man sie *alle.*

An dem Tag, als sich Annies Unfall ereignete, im Augenblick höchster Gefahr, traf Eddie, der Wartungstechniker in Ruby Pier, im Bruchteil einer Sekunde die Entscheidung, über die Plattform von Freddy's Free Fall zu hechten und das Mädchen aus der Bahn der herabstürzenden Kabine zu stoßen. Unmittelbar vor seinem Tod blitzte in seinem Blick jede einzelne Wechselbeziehung auf, die er auf der Erde gehabt hatte.

Hier im Himmel sah Annie, ihre Finger an die seinen gedrückt, sie nun auch.

* * * * *

Sie sah Eddie als Kleinkind, während der frühen Zwanzigerjahre des letzten Jahrhunderts in Armut geboren. Sie nahm ein Funkeln in den Augen seiner Mutter wahr, aber auch häufige Schläge von seinem betrunkenen Vater.

Sie sah Eddie im Grundschulalter, Fangen spielend mit den Arbeitern, die sich um das Rahmenprogramm in Ruby Pier kümmerten. Sie sah Eddie im Teenageralter, wie er neben seinem Vater Fahrgeschäfte reparierte. Sie sah Eddie gelangweilt und von einem anderen Leben träumend. Sie hörte seinen Vater sagen: »Was iss los? Iss dir das vielleicht nich gut genug?«

Sie sah die Nacht, in der Eddie seiner einzigen wahren Liebe begegnete – einer jungen Frau im gelben Kleid, die Marguerite hieß – und im Stardust Band Shell zur Musik einer Big Band tanzte. Sie sah, wie ihre Liebesgeschichte durch den Krieg unterbrochen und er in den Kampf auf den Philippinen geschickt wurde.

Sie sah, dass seine Einheit gefangen genommen und in einem Straflager gefoltert wurde. Sie sah eine wagemutige Revolte, in deren Verlauf ihre Peiniger umkamen. Sie sah, wie Eddie die Hütten niederbrannte, wo sie inhaftiert gewesen waren. Sie sah, dass Eddie während ihrer Flucht ins Bein geschossen wurde. Sie sah seine Rückkehr in die Zeit des Friedens, gezeichnet von schlimmen Wunden und düsteren Erinnerungen.

Sie sah Eddie und Marguerite verheiratet und sesshaft, in tiefer Liebe verbunden, aber kinderlos. Sie sah Eddie beim Tod seines Vaters, fortan gezwungen, den Wartungsjob in Ruby Pier zu übernehmen. Sie sah ihn versunken in sein Leben, deprimiert darüber, dass er auch nach jahrelangen Versuchen, dem gleichförmigen Alltag zu entfliehen, am Ende nicht anders war als sein Vater – »ein Niemand, der nie etwas gemacht hat«, wie er zu sagen pflegte.

Sie sah Marguerite in ihren späten Vierzigern an einem Gehirntumor sterben und Eddie vor Kummer abstumpfen. Sie sah, wie er sich in seiner Arbeit versteckte, weinte, wo niemand ihn sehen konnte, im Innern abgedunkelter Spiegelkabinette oder unterhalb einer Wasserrutschbahn.

Sie sah Eddie in seinen Sechzigern, Siebzigern und bis in die Achtziger beim pflichtbewussten Friedhofsbesuch, wenn er Blumen auf Marguerites Grab legte, dann vorne im Taxi nach Hause fuhr, um sich weniger allein zu fühlen.

Und sie sah den letzten Tag in Eddies Leben, seinen dreiundachtzigsten Geburtstag, als er eine

Angelleine überprüfte und eine Achterbahn besichtigte, auf einem Strandstuhl saß und aus gelben Pfeifenreinigern einen Hasen bastelte. Den er einem kleinen Mädchen überreichte.

Einem kleinen Mädchen namens Annie.

»Daaaaanke, Eddie Wartung!«, jauchzte sie und tänzelte davon.

Die Szene wurde zum Standbild.

»Das«, sagte Eddie jetzt, Annies Hand haltend, »waren die letzten Worte, die du mir auf der Erde gesagt hast.«

»Was geschah dann?«, fragte sie.

Er ließ ihre Hand los. Das Bild verschwand.

»Gehen wir ein Stück«, schlug er vor.

* * * * *

Das Meer zog sich zurück, als würde es einen Weg freimachen, und so bewegten sie sich am Strand entlang. Der einsame Stern am blauen Firmament wechselte niemals seine Position. Eddie erzählte Annie über seine eigene Reise zum Himmel. Auch er sei fünf Personen begegnet, darunter ein Arbeiter im Rahmenprogramm, dessen Haut blau war, sein alter Captain in der Armee und die ursprüngliche Ruby von Ruby Pier. Als er am Ende der Reihe angelangt war, hatten sich bei ihm fast sämtliche Vorstellungen von seinem Leben verändert.

Anschließend befragte er Annie über ihr Leben und meinte, er habe oft überlegt, was aus ihr wohl im Lauf der Jahre geworden sei. Da Annie sich in seiner Gesellschaft sicher fühlte, sprach sie über etliche Dinge – hauptsächlich über ihre frühe Kindheit, die sie schlicht als fröhlich und sorgenfrei in Erinnerung hatte, und über ihr Leben nach dem Unfall, das sich völlig anders gestaltete.

»Was war anders?«

»Alles.« Sie hielt die Hand hoch. »Angefangen damit.«

Eddie nahm ihr Handgelenk in seine fleischige Handfläche und studierte die Narben, als würde er eine verlorene Landkarte entdecken.

»Danach ging alles, was ich versuchte, schief. Ich konnte keine Freunde finden. Ich lag mit meiner Mutter ständig im Krieg. Ich hatte eine schreckliche erste Ehe. Ich verlor …«

Eddie schaute auf.

»Ich verlor ein Kind. Ich litt unter Depressionen. Ich hatte keine Hoffnung mehr, jemals glücklich zu sein – bis ich Paulo wiedersah. Ich dachte, er sei meine Chance. Ich kannte ihn. Ich vertraute ihm. Ich liebte ihn.«

Sie hielt inne und fügte hinzu: »Liebe ihn.«

Eddie ließ ihr Handgelenk los. Etwas schien ihn innerlich zu beschäftigen.

»Würdest du sie gern zurückverwandeln wollen? Deine Hand? Wenn du's könntest?«

Annie starrte ihn an. »Wirklich seltsam. Paulo hat mich das Gleiche gefragt, als wir Kinder waren.«

»Was hast du geantwortet?«

»Was ich auch jetzt sagen würde. Natürlich. Wer würde so etwas durchmachen wollen, wenn er nicht dazu gezwungen wäre?«

Eddie nickte bedächtig, doch Annie wusste nicht genau, ob er ihr zustimmte.

»Ist deine Frau hier?«, fragte Annie.

»Sie ist nicht Teil deiner Reise.«

»Aber du kannst mit ihr zusammensein? In deinem Himmel?«

Eddie lächelte. »Ohne sie wäre es nicht mein Himmel.«

Annie versuchte zurückzulächeln, doch als sie dies hörte, fühlte sie sich schlechter. Ihr größter Wunsch bestand darin, dass Paulo überlebt hatte, dass er dank der Transplantation verschont geblieben war. Das wiederum bedeutete, im Leben nach dem Tod allein zu sein. Würde Paulo seinen Weg auf der Erde ohne sie gehen? Jemand anderen finden? Würde er im Augenblick des Todes einen anderen Himmel wählen, in dem Annie nicht mit dazugehörte?

»Was ist mit dir?«, fragte Eddie. »Du wirkst nicht gerade heiter.«

»Es ist nur … ich mach alles kaputt«, erwiderte Annie. »Selbst die schönen Dinge. Ja, sogar meine Hochzeitsnacht. Es war meine Idee, einem Mann auf der Autobahn auszuhelfen. Mein Drängen, zusammen mit Paulo eine Ballonfahrt zu unternehmen.«

Sie schlug die Augen nieder. »Mir unterlaufen so viele Fehler.«

Eddie blickte flüchtig zu dem einen Stern, der über ihnen leuchtete. Er zwinkerte Annie zu.

»Ich dachte genauso wie du«, sagte er.

Plötzlich wandelte sich der Tag in Nacht. Die Luft wurde heiß und stickig. Die Landschaft war jetzt kahl. Auf nackten Hügeln ringsum brachen kleine Feuer aus. Annie spürte, wie der Boden um ihre Füße sich verfestigte.

»Was geht hier vor?«, fragte sie.

»Wir sind noch nicht fertig«, erwiderte Eddie.

Annie macht einen Fehler

Sie ist achtundzwanzig. Seit dem Tod des Säuglings sind acht Jahre vergangen. Heute ist sein Geburtstag. Sie wechselt in die Nachmittagsschicht am Krankenhaus und kann daher nach der morgendlichen Hauptverkehrszeit zum Friedhof fahren.

Es ist dunstig und feucht. Auf dem Weg zum Grab hört sie das Geräusch ihrer schleppenden Schritte im Kies. Sobald sie den Gedenkstein erreicht, tritt sie behutsam aufs Gras, wie um die Ruhe des Ortes nicht zu stören. Sie liest Laurences Namen und die eingravierten Daten seines kurzen Aufenthalts auf Erden:

4. FEBRUAR – 7. FEBRUAR

Der Bindestrich in der Mitte scheint ihr ein wahreres Zeitmaß anzugeben.

»Wüsste ich doch nur, wie man inständiger betet«, flüstert sie. »Wüsste ich doch nur, was ich für dich erbitten kann.«

Zum millionsten Mal sagt sie sich, dass sie nicht wirklich eine Mutter war, dass sie nie eine Windel gewechselt, nie eine Flasche gehalten und nie ihren Sohn in den Schlaf gewiegt hat. Sie kommt sich fast verrückt vor, ausgeschlossen von ebenjener Identität, um die sie trauert.

Auf der Fahrt zurück zum Krankenhaus herrscht starker Verkehr. Vom Friedhofsbesuch aufgewühlt, greift sie in ihrer Handtasche nach Tabletten gegen übermäßige Angst. Normalerweise nimmt sie diese abends, erinnert sich aber daran, dass ihr noch eine ganze Schicht bevorsteht, die sie gern mit einem Minimum an Dramatik hinter sich bringen würde. Außerdem, wenn dieser Tag nicht einer gewissen Erleichterung bedarf, was sonst?

»Weißt du was?«, fragt eine Kollegin bei ihrer Ankunft. »Terry hat sich krankgemeldet.«

»Ist niemand da, um sie zu vertreten?«

»Nö. Nur du und ich.«

Die nächsten sechs Stunden sind hektisch, eine Vielzahl von Patienten muss versorgt werden. Annie kann sich kein einziges Mal hinsetzen. Immer wieder werden die Lichtrufe betätigt, und die beiden Krankenschwestern sind voll damit ausgelastet, ihre Aufgaben zu bewältigen. Annie schnappt sich Plastikbeutel mit Medikamenten, auf denen jeweils der Name des Patienten steht, und verabreicht sie gewissenhaft, von einem Zimmer zum nächsten gehend.

Als sie Nummer 209K/L betritt, schläft der Patient auf der rechten Seite – ein älterer, abgemagerter Mann, der an eine Ernährungssonde angeschlossen ist. Annie findet den Pillenzerkleinerer, öffnet den Medikamentenbeutel und bereitet die Injektion vor.

»Schwester, ich brauch Hilfe«, ruft der Mann im anderen Bett. Er ist kahlköpfig und korpulent, sein Bauch wölbt sich unter dem Laken. »Ich kann mir's auf diesem Kissen nicht bequem machen.«

»Bin sofort da«, sagt Annie.

»Ich kann mit diesem Kissen nicht schlafen.«

»Nur eine Sekunde.«

»Können Sie mir ein anderes Kissen bringen?«

Annie zerkleinert weiter die Medizin. Sie holt destilliertes Wasser, um sie darin aufzulösen.

»Ich muss schlafen*«, jammert der Mann.*

Annie atmet tief durch. Sie drückt den Rufknopf in der Hoffnung, dass die zweite Pflegerin kommt, weiß aber sehr wohl, dass sich diese Signale den ganzen Nachmittag über häuften.

»Machen Sie hin!«, drängt der beleibte Mann.

»Komme gleich.«

»Verdammt! Der Typ kann warten! Ist sowieso bewusstlos!«

Annie ist halb zittrig von dem Geschrei, halb betäubt von dem Medikament, das sie vorher eingenommen hat. Sie reibt sich die Stirn und zieht die Augenbrauen zusammen, als wollte sie einen Kopfschmerz herauspressen, wischt dann die zerstoßene Tablette in die Flüssigkeit und zieht damit die Spritze auf.

»Mein Nacken ist so steif«, klagt der Mann.

Annie führt die Spritze in den Port des Katheters ein, fixiert die Kolbenspitze und fingert am Verschluss, um die Medizin in den Körper des Patienten fließen zu lassen.

»MACHEN SIE HIN, SCHWESTER!«

Ausgerechnet heute, *denkt Annie, den Blicken des Mannes ausweichend, indem sie das Etikett auf dem Beutel anstarrt. Sie blinzelt. Irgendetwas stimmt nicht. Das Datum auf dem Beutel. Es ist nicht das heutige.* Ausgerechnet heute. *Das heutige Datum lautet, wie sie weiß, 7. Februar, der Gedenktag des schlimmsten Ereignisses, das ihr je widerfahren ist. Das Datum auf dem Etikett ist der 3. Februar. Als sie den Verschluss öffnet, rasen ihre Gedanken durch eine Gleichung. Vier Tage. Was könnte sich in vier Tagen ändern? In dem Moment sieht sie einen Vermerk auf dem Etikett:* vW, *was so viel bedeutet wie* verlängerte Wirkstoffabgabe – *eine Tablette, die niemals zerkleinert, sondern oral verabreicht wird. Aber dieser Mann kann nicht mehr schlucken. Vielleicht wäre er dazu in der Lage, wenn sie die Indikationen auf den neuesten Stand bringen würden …*

Sie reißt die Spritze aus dem Port.

»Verdammt, Schwester, das Kissen ist …«

»SEIEN SIE STILL! HALTEN SIE EINFACH DEN MUND!«

Annie vernimmt nicht die Worte, die sie gerade geschrien hat. Ihre Gedanken sind gerichtet auf das, was sie fast getan hätte – ein Retard-Schmerzmittel in die Ernährungssonde injiziert, wodurch das ganze Medikament, das über einen

Zeitraum von zwölf Stunden seine Wirkung entfalten soll, auf einmal verabreicht worden wäre. Damit hätte sie dem schlafenden Mann ernsthaft schaden, ja ihn umbringen können.

»Sie können einem Patienten nicht den Mund verbieten!«, brüllt der dicke Mann. »Ich werde mich über Sie beschweren. Ich werde dafür sorgen, dass Sie …«

Annie kann ihn nicht hören. Ihr Atemgeräusch füllt die Ohren. Sie spürt, wie ihr Herzschlag fast die Rippen durchbricht. Sie ergreift Spritze und Plastikbeutel, läuft den Flur hinunter und schleudert beides in den Mülleimer. Dabei fühlt sie sich wie eine Verbrecherin, die ihre verräterische Tatwaffe zu verstecken sucht.

Anschließend nimmt sie eine zweiwöchige Auszeit, obwohl die Krankenhausleitung sie nicht dazu auffordert. Nach ihrer Rückkehr schwört sie, sich stärker als je zuvor auf ihre Patienten zu konzentrieren. Keine Ablenkungen während der Arbeit, keine persönlichen Probleme. Mach eine Sache richtig, Annie, *sagt sie sich.* Eine Sache richtig.

Die vierte Lektion

Der Boden unter Eddie und Annie wurde feucht und sumpfig. Oben auf einem Hügel brannten Ölfässer und Bambushütten, so weit das Auge reichte.

»Was ist das?«

»Krieg.«

»Wann? Wo?«

Eddie seufzte. »Der Krieg bleibt sich gleich, wann und wo auch immer.«

Er ging voran, seine Schritte riefen ein schmatzendes Geräusch hervor. »Das sind die Philippinen. Zweiter Weltkrieg.«

»Du warst im Gefängnis.«

»Ja.«

»Du bist ausgebrochen.«

»Letzten Endes.«

»Das sah ich, als du meine Hand hieltest. Du hast diese Hütten niedergebrannt.«

»Stimmt«, sagte er, »das habe ich getan.«

Er stapfte durch den Unrat und fand die Überreste eines primitiven Flammenwerfers, ein langes Rohr, verbunden mit einem Tankrucksack.

»Ich hatte Angst, als ich gefangen genommen wurde. Wahnsinnige Angst. Als ich freikam, habe ich sie herausgelassen. Das war bei uns allen so. Wir haben angegriffen, zerstört, Feuer gelegt, diesen Ort dem Erdboden gleichgemacht. Ich hielt das für gerechtfertigt, vielleicht sogar für heldenhaft. Aber ich habe etwas Schreckliches getan, das mir bis dahin unbekannt war.«

Er deutete auf eine Hütte, und Annie sah einen Schatten durch die Flammen laufen.

»Moment mal … War das ein *Mensch*?«

Eddie senkte den Blick, als könnte er nicht mit ansehen, was geschah. Langsam entstieg der Feuersbrunst ein junges Mädchen mit zimtbraunem Teint und pflaumenfarbenem Haar. Die Kleine stand in Flammen, die an ihr züngelten. Sie trat neben Eddie, und die Flammen zischten hervor, hinterließen furchtbare Verbrennungen im Gesicht und am ganzen Körper. Sie legte ihre Hand in die seine.

»Das ist Tala«, sagte Eddie leise. »Sie hatte sich in der Hütte versteckt, als ich die anzündete.«

Er starrte Annie an.

»Sie ist im Himmel«, fuhr er fort. »Wegen mir.«

Annie wich zurück. Ein heftiges Gefühl von

Angst durchzuckte sie, als hätte sie sich über diesen alten Mann getäuscht, als wäre die Sicherheit, die er ausstrahlte, nur eine List.

»Fehler«, erklärte Eddie. »Deshalb bin ich hier, um dich darüber zu unterrichten. Du warst der Ansicht, sie immer wieder zu machen? Du glaubst, vielleicht auch jetzt einen gemacht zu haben?«

Annie schaute weg.

»Ich dachte genauso wie du«, fuhr Eddie fort. »Ich war überzeugt, mein ganzes Leben sei ein Fehler. Ständig passierte mir etwas, scheußliche Sachen, bis ich schließlich jeden Versuch aufgab.«

Er zuckte mit der Achsel. »Ich wusste nicht einmal, welcher meiner Fehler der schlimmste war.«

Er wandte sich der Kleinen zu, berührte ihr Haar, das in Strähnen herabhing.

»Tala hatte sich in dieser Hütte versteckt. Das erfuhr ich jedoch erst nach meinem Tod. Sie begegnete mir im Himmel und sagte, ich hätte sie bei lebendigem Leib verbrannt.«

Er biss sich in die Lippe.

»Verdammt, das hat mich fast noch mal umgebracht.«

»Warum erzählst du mir diese Geschichte?«, fragte Annie.

Eddie führte Tala zu Annie, die nahe genug stand, um die Blasen auf ihrer verbrannten Haut zu sehen.

»Die meiste Zeit deines Lebens wurdest du von etwas verfolgt und gequält, stimmt's? Etwas, an das du nicht erinnern kannst, dessentwegen du dich aber schlecht fühlst?«

»Woher weißt du das?«, fragte Annie mit sanfter Stimme.

»Weil es mir im ganzen Leben genauso erging. Ich fühlte mich wie ein Niemand. Als ob ich gefangen wäre in Ruby Pier und eigentlich gar nicht dort sein sollte. Fahrgeschäfte reparieren? Wer will schon einen derart miesen Job? Ich dachte, es musste ein großer Fehler gewesen sein, ihn überhaupt jemals anzunehmen.

Dann bin ich gestorben. Und Tala erklärte mir, warum ich dort war – nämlich um Kinder zu beschützen, was ich bei ihr versäumt hatte. Sie meinte, ich sei genau dort gewesen, wo ich sein sollte.«

Er legte dem Mädchen eine Hand auf die Schulter.

»Und dann teilte sie mir noch etwas mit, das mir für immer meinen Schmerz nahm. Meine Erlösung, vermute ich, um ein hochtrabendes Wort zu benutzen.«

»Was hat sie gesagt?«

Eddie lächelte.

»Dass ich starb, um dich zu retten.«

Annie begann zu zittern. Eddie ergriff ihre Hände.

»Nur zu. Du kannst es jetzt sehen.«

»Ich kann nicht.«

»Doch, du kannst.«

»Ich erinnere mich nicht.«

»Du erinnerst dich sehr wohl.«

Sie seufzte leise. »Ich *möchte* nicht.«

»Ich weiß. Aber es ist Zeit.«

Der Himmel wechselte in einen feuerroten Farbton, und Annie spürte, wie ihr Kopf hochgerissen wurde, als hätte jemand sie an den Haaren gepackt. Sie war zurückgekehrt zu jenem Tag in Ruby Pier und schaute nach oben, ihrem Tod ins Auge. Sie sah eine riesige Kabine, die am höchsten Punkt von Freddy's Free Fall zur Seite kippte. Sie sah, wie diese mitsamt den Fahrgästen ruckartig von einem Sicherheitsseil aufgefangen wurde. Sie sah Menschen ringsum, die darauf zeigten und die Hand vor den Mund hielten. Sie sah Eddie, der sich zwischen ihnen hindurchzwängte, schreiend Anweisungen gab, den Platz zu räumen und zu flüchten. Sie sah Leute in eine Richtung drängen und schieben und sich selbst in die entgegengesetzte Richtung rennen, zu einer leeren Plattform, auf die sie kletterte, um sich dort zusammenzukauern. Sie sah, wie ihr Körper von einem Schauder ergriffen wurde. Sie hörte sich murmeln: »Ma … Ma … Ma …«

Im Nu sah sie Eddie mit verzerrtem Gesicht

auf sich zurasen und zugleich die massive schwarze Kabine wie eine Bombe herabstürzen. Sie sah, wie Eddie, die Arme ausgebreitet, einen Satz vorwärts machte. Seine großen Hände prallten gegen ihre Brust und schleuderten sie nach hinten. Sie fiel über die Kante, mit dem Gesäß zuerst, dann folgten die Rückseiten der Beine und die Fersen. Gerade als sie den Kontakt mit ihm verloren hatte, erspähte sie noch unsagbar kurz Eddies Körper, der flach auf der Plattform lag – wie eine Opfergabe.

Die Kabine zerschmetterte ihn, wie ein Stiefel einen Käfer zerquetscht.

Sekundenbruchteile später kam ein kleineres Teil auf sie zugeflogen, so schnell, dass keine Zeit zum Blinzeln war. Es durchtrennte ihr Handgelenk, und sie schrie lauter, als sie je geschrien hatte, ihre Augen schlossen sich, und jede Einzelheit verschwand, als hätte diese abgeworfene Bombe alles in die Luft gesprengt, Annie, Eddie, den Tag, das Leben selbst.

* * * * *

»Oh, Gott, das ist also geschehen«, stöhnte Annie, als würde sie aus einem Albtraum erwachen. »Jetzt erinnere ich mich. Du hast mich weggestoßen und damit mein Leben gerettet. Dieses Metallstück schlug mir die Hand ab, und ich wurde ohnmächtig.«

»Hier oben werden die Dinge ziemlich klar«, erwiderte Eddie.

Annies Mund klappte auf, und ihre Augen blickten wild umher, während sie die Szene im Kopf Revue passieren ließ.

»Aber …«

Sie löste ihre Hände aus den seinen. Ihre Stimme wurde tiefer.

»… dann habe ich dich umgebracht.«

»Eine Kabine hat mir das Leben geraubt.«

»Es war mein Fehler.«

»Der Fehler einer elektrischen Leitung.«

»Ich habe es verdrängt.«

»Du warst noch nicht bereit.«

»Wofür?«

»Für die Wahrheit.«

»Dass du gestorben bist?«

»Zur Wahrheit gehört mehr als das.«

Er trat zur Seite, seine Arbeitsstiefel drückten sich tief in den weichen Grund. »Auf der Erde erfahren wir das Was der Dinge. Das Warum braucht ein wenig länger.«

»Nein!«, widersprach Annie. »Es gab kein Warum! Da war nur ich, genau an der Stelle, wo ich nicht hätte sein sollen. Und eine Reihe von Leuten, die später das Unglück verschleierten. Niemand hat mir etwas gesagt. Ich konnte mich nicht erinnern, und auch meine Mutter hielt es geheim.«

»Sie hat dich beschützt.«

»Vor was?«

»Vor dem, was du jetzt tust – die Schuld bei dir suchen.«

»Ich habe ein Gerücht gehört. An der High School.«

»Und?«

Annie zögerte.

»Ich tat so, als wäre es nicht geschehen. Ich wechselte die Schule. Um ehrlich zu sein …«

Sie umfasste ihre Ellbogen und zog sie ein.

»Ich war froh, mich nicht erinnert zu haben.«

Sie konnte Eddie nicht anschauen. »Du hast dein Leben für mich hingegeben«, flüsterte sie. »Du hast alles geopfert. Und ich konnte mich nicht einmal der Wahrheit stellen.«

Annie fiel zu Boden, ihre Knie bohrten sich in den Schlamm. »Es tut mir so leid. Wär ich doch bloß in die andere Richtung gerannt. Dann hättest du mich nicht zu retten brauchen.«

»Du verstehst nicht«, erwiderte Eddie sanft. »Ich *musste* dich retten. Damit konnte ich das Leben wiedergutmachen, das ich gewählt hatte.

Auf diese Weise nähern wir uns dem Seelenheil. Die Fehler, die wir begehen, öffnen Türen, um das Richtige zu tun.«

* * * * *

Tala nahm Eddies Hand und rieb sich damit über Gesicht und Arme. Der fleckige Schorf fiel ab.

Die versengte Haut schälte sich. Ihr Teint war nun makellos. Sie drückte fünf Finger in Eddies Bauch.

»Tala war meine fünfte Person. Du bist meine nächste.«

»Deine nächste?«, fragte Annie.

»Man begegnet fünf Personen, dann ist man eine von fünf für jemand anderen. So verbindet der Himmel alle miteinander.«

Annie schlug die Augen nieder. »Meine dritte Person sagte, ich müsse Frieden mit dir schließen.«

»Wer war das?«

»Meine Mutter.«

»Nun, sie hatte recht, was die Versöhnung betrifft«, erklärte er. »Aber sie meinte nicht mich. In Frieden lebst du nur dann, wenn du ihn mit dir selbst schließt. Das musste ich schmerzlich am eigenen Leib erfahren.«

Er warf Tala einen flüchtigen Blick zu.

»Tatsächlich habe ich Jahre mit dem Gedanken verbracht, ich würde überhaupt nichts tun, weil ich ein Niemand war. Du hast Jahre damit verbracht, vielerlei Dinge zu tun, und gedacht, alles sei ein Fehler.«

Er atmete tief durch. »Wir haben uns beide geirrt.«

Er beugte sich vor und half Annie, wieder auf die Beine zu kommen.

»Du, Kleine?«

Sie schaute auf.

»Es gibt nicht so etwas wie einen Niemand. Und es gibt keine Fehler.«

* * * * *

Damit schmolz die Landschaft zusammen wie Schnee, der über eine Rinne abfließt. Die Finsternis des Krieges schwand dahin. Tala, deren philippinischer Name *Stern* bedeutet, stieg empor ins Firmament und erleuchtete ringsum einen vollkommenen blauen Himmel.

Annie spürte, wie auch sie sich in die Luft erhob, dann sanft auf den Sitz eines mit Stahl eingefassten Riesenrades fiel, das sich hoch über dem wimmelnden Treiben von Ruby Pier drehte. Sie blickte hinunter auf den Vergnügungspark, seine farbenprächtigen Zelte und Fahrgeschäfte. Als sie abwärts glitt, begannen am Boden winzige Lichter ihre Funken zu versprühen. Mit exponentieller Geschwindigkeit wurden sie heller, strahlende Punkte, welche sich, während Annie tiefer und tiefer sank, als die Augen von Kindern entpuppten. Sie rasten in Booten über eine Rampe durchs spritzende Wasser, kreisten in Gondeln auf einer rotierenden Plattform, ritten jedes verfügbare Karussellpferd, amüsierten sich, lachten und schrien. Es mussten Tausende von ihnen sein.

»Mein ganzes Leben hab ich hier gearbeitet«,

rief Eddie aus ihrer Mitte. »Die Sicherheit von Fahrgeschäften zu gewährleisten bedeutete, Kindern die nötige Sicherheit zu bieten. Und weil sie in Sicherheit waren, konnten sie groß werden und selbst Kinder haben. Und ihre Kinder hatten ihrerseits Kinder, die wiederum Kinder haben werden.«

Er zeigte auf das Meer junger Gesichter. »Mein Himmel lässt sie mich alle sehen.«

Annies Gondel schwebte herab zur Plattform.

»Verstehst du, was ich sage?«

»Weiß nicht so recht«, erwiderte Annie.

Eddie drehte sich weg.

»Da ich dich gerettet habe, musstest auch du groß werden, ungeachtet dessen, wie schwierig jene Jahre waren, wie schlimm sich deine Hand anfühlte. Daher ...«

Als er sich ihr zuwandte, erstarrte Annie. Eddie hielt einen Säugling mit einer kleinen blauen Mütze auf dem Kopf.

»Laurence?«, flüsterte Annie.

Eddie trat auf sie zu und legte ihr den Sohn in die zitternden Arme. Augenblicklich war Annie wieder unversehrt, ihr Körper vollständig. Sie drückte den Kleinen zärtlich an die Brust, und diese mütterliche Liebkosung beseligte sie mit dem reinsten Gefühl. Sie lächelte und weinte und konnte nicht aufhören zu weinen.

»Mein Baby«, schwärmte sie. »Oh mein Baby, mein Baby ...«

Sie spielte mit seinen Zehen, kitzelte ihn an den Fingern. Die Tränen tropften auf seine winzige Stirn, und er wischte sie weg, die Augen aufgeweckt hin und her bewegend. Es war offensichtlich, dass er Annie kannte, so wie sie ihren Sohn kannte. Er existierte. Hier im Himmel war er in Sicherheit. Annie empfand eine heitere Gelassenheit, die das sterbliche Leben niemals gewährt hatte.

»Danke«, flüsterte sie Eddie zu.

»Pass auf dich auf, Kleine.«

Ehe Annie darauf reagieren konnte, wurde sie zum Himmel hochgewirbelt, weg von Eddie, weg vom Vergnügungspark und vorbei an dem einzigen leuchtenden Stern Talas, in das tote, schwarze Vakuum eines anderen Universums. Den Blick nach unten gerichtet, sah sie, dass nichts mehr in ihren Armen war, und sie klagte bitterlich, von Kummer verzehrt, im quälenden Gefühl, gänzlich erfüllt und gänzlich leer zu sein – so, wie es ist, ein Kind zu haben und zu verlieren.

SONNTAG, 15 UHR 07

Als sich der Streifenwagen dem Krankenhaus näherte, blickte Tolbert durchs Fenster zu den langgezogenen Wolkenbahnen. Er sprach ein stilles Gebet. Das, so wusste er, würde der letzte Moment sein, in dem die Hoffnung das Tatsächliche übertreffen konnte. Sobald er sich im Innern des Gebäudes befände, wäre jede seiner Wahrnehmungen unwiderlegbar.

Der Wagen hielt an. Er atmete tief durch, stieg aus und ging neben dem Polizisten her. Er hörte das Geräusch ihrer Schritte auf dem Pflaster.

Sie traten durch den Eingang der Notfallaufnahme. Auf dem Weg zum Empfang sah Tolbert durch einen seitlichen Vorhang seinen Assistenten Teddy auf der Kante einer Tragbahre sitzen, den Kopf gebeugt, die Hände auf den Ohren.

Kurzzeitig empfand Tolbert ein Gefühl der Erleichterung. *Er lebt. Gott sei Dank.* Dann stieg Wut in ihm auf. Er stürmte durch die Öffnung.

»Hey, langsam ...«, sagte der Beamte. Doch Tolbert packte Teddy an den Schultern und schrie: »Was zum Teufel, Teddy? Was zum Teufel?«

Teddys Mund war ein Oval. Sein Körper zitterte.

»Wind«, murmelte er. »Eine Starkstromleitung. Ich hab versucht, auszuweichen …«

»Hast du die verdammte Wettervorhersage überprüft?«

»Ich …«

»Hast du die verdammte Wettervorhersage überprüft?«

»Es war …«

»Warum bist du aufgestiegen? Wer waren diese Leute? Was zum Teufel, Teddy?«

Der Polizist zog Tolbert zurück und mahnte: »Sachte, Kamerad, sachte!« Nach Atem ringend, zerrte Teddy eine Visitenkarte aus seiner Hemdtasche.

»Sie sagten, sie würden dich kennen«, krächzte er.

Tolbert erstarrte. Die Karte war verschlissen, als hätte es daraufgeregnet. Auf der Rückseite stand von Hand geschrieben Tolberts Name.

Die Limousine. Das Brautpaar.

»Entschuldigen Sie, sind Sie der Eigentümer des Heißluftballons?«

Tolbert fuhr herum. Ein weiterer Polizist stand vor ihm.

»Wir müssen einen Bericht aufsetzen.«

Tolbert schluckte. »Warum?«

Der Beamte schlug einen Notizblock auf.

»Es gab ein Todesopfer.«

Die letzte Ewigkeit

Annie fiel auf eine kalte, harte Oberfläche, ihre Seele entzweigerissen. Sie hatte ihren Säugling gehalten. Sie war im Frieden mit sich selbst gewesen. Für einen gesegneten Augenblick hatte sie gedacht, ihre ewige Ruhe gefunden zu haben, unaufhörlich im sternhellen Lichtschein von Ruby Pier zu leben, zusammen mit ihrem Sohn Laurence, mit Eddie, dem alten Mann, und den anderen Kindern, um deren Wohl er sich treusorgend gekümmert hatte. Dieser Himmel sollte der ihre sein.

Nun aber hatte sie ihn verlassen, und jede Rückkehr war ausgeschlossen. Sie war völlig niedergeschlagen, innerlich ausgehöhlt. Nicht einmal die Augen wollte sie öffnen. Als sie es dennoch tat, bewegten sich keine Farben über das Firmament. Alles war in Finsternis getaucht, als wäre die Luft dunkel und undurchlässig.

Warum weitermachen?, dachte sie und sackte wieder zusammen. Ihr Leben war offenbart worden durch die Menschen, die sie getroffen hatte, ihre tiefsten Geheimnisse aufgedeckt, preisgegeben von jenen Wächtern, die ihr Gehirn einst geschickt hatte, um sie zu bewahren.

Annie wusste jetzt alles, was sich ereignet hatte – und weshalb andere beteiligt gewesen waren. Aber sie wusste nicht, wie die einzelnen Mosaiksteine zueinander passten und – weitaus peinigender noch – auf welche Weise ihr Leben geendet hatte. *War es das?*, dachte sie. Die Summe ihrer Existenz? Eine abgeschnittene Schnur, lose im Leeren baumelnd?

In der Kindheit war ihr beigebracht worden, der Herr werde sie nach ihrem Tod aufnehmen, sodass fortan ausschließlich Glückseligkeit und Frieden herrschten. Vielleicht galt das für diejenigen, die ihren Auftrag erfüllt hatten. Wenn man jedoch seine Geschichte auf Erden nicht beenden konnte, wie sollte dann der Himmel es für einen tun?

Sie tastete ihren Körper ab und erschrak. Der Kopf schmerzte, die Schultern waren wund, die unteren Rückenpartien verspannt: Jeder betroffene Körperteil erinnerte an die Qualen nach dem Sturz aus dem Ballon. Als sie ihre Handflächen in Richtung der Oberschenkel schob, spürte sie plötzlich einen vertrauten Stoff, weich und seidig, der sich nach unten hin weitete und kräuselte.

Ohne an sich hinabzuschauen, wusste sie, dass sie ihr Brautkleid trug.

* * * * *

Steh auf, hörte sie ihre innere Stimme sagen. *Bring das zum Abschluss.* Schwach und benommen erhob sich Annie in der Dunkelheit. Ihre Füße waren nackt. Das Kleid schmiegte sich an die Haut. Den Blick senkend, sah sie durch die klare Oberfläche des Bodens hindurch einzelne Lichtpunkte. Zuerst ein paar wenige, dann Tausende, ja so viele wie in einer Galaxie, alle unterhalb von ihr.

Sie tat einen Schritt.

Der Boden drehte sich.

Annie blieb stehen.

Der Boden ebenfalls.

Sie machte einen weiteren Schritt, und er drehte sich mit ihr. Sie ging auf einer Art Globus – ein mächtiger Globus aus Glas, mit einem ganzen Universum im Innern. Zu einer anderen Zeit hätte ein solches Schauspiel sie vielleicht interessiert. Aber jetzt war sie ausgehöhlt, eine leere Hülse. So stapfte sie vorwärts, ohne Frieden, ohne Klarheit, ohne jenes »Seelenheil«, das Eddie erleuchtet hatte.

Gerade als sie sich vorstellte, dies sei nun ihr dauerndes Schicksal, kam sie an Gegenständen vorbei, die hier und da verstreut lagen: ein beigefarbener, umgekippter Gartenstuhl, ein auf dem Kopf stehendes Notenpult, weiße Bänder, die zwischen zwei Metallpfeilern durchschnitten waren. Ein bislang unbekanntes Gefühl, roh und beunruhigend, ergriff von ihr Besitz, das Gefühl, dass dies weniger die himmlischen Dinge von jemand anderem waren, sondern die Überbleibsel ihres irdischen Lebens.

Weiter vorn erblickte sie einen Baldachin. Darunter waren die Rücken mehrerer Personen zu sehen, Männer in Anzügen und Frauen in Brautjungfernkleidern.

»Hallo?«, rief sie.

Schweigen.

»Könnt ihr mich hören?«

Keine Reaktion.

»Bitte, jemand soll mir sagen, wo ich bin«, flehte sie und trat näher. »Kennt mich einer von euch?«

Die Gestalten lösten sich in winzige Teilchen auf, wodurch ein einzelner Mann im Smoking deutlich zum Vorschein kam. Und er hob den Kopf.

»Ich kenne dich«, sagte Paulo.

Die fünfte Person, der Annie im Himmel begegnet

Die Liebe kommt, wenn man sie am wenigsten erwartet. Die Liebe kommt, wenn man sie am meisten braucht. Die Liebe kommt, wenn man bereit ist, sie zu empfangen, oder sie nicht mehr verleugnen kann. Das sind weit verbreitete Aussagen, die verschiedene Wahrheiten über die Liebe beinhalten. Doch für Annie bestand die Wahrheit über die Liebe darin, dass sie lange Zeit, fast zehn Jahre, keine Liebe erwartete und keine zurückerhielt.

Nach dem Verlust ihrer Mutter und ihres Kindes entzog sich Annie fast allen Menschen und widmete sich ausschließlich ihrer Routine als Krankenschwester. Jeden Tag trug sie ihre blaue Arbeitskleidung und graue Schuhe. Sie fuhr auf den gleichen Straßen durch die Stadt. Sie trank die gleiche Tasse Tee im selben Café.

Tag für Tag kümmerte sie sich um die Patienten.

Sie führte ihre Krankenakten, kannte ihre Ärzte. Sie vermied es, in der Pädiatrie zu arbeiten, denn die damit verbundenen Erinnerungen machten ihr übermäßig zu schaffen. Aber Annie verstand sich ziemlich gut mit den älteren Leuten, ermunterte sie zum Gespräch, und diese waren froh, über ihre Angelegenheiten plaudern zu können. Sie fand heraus, dass ihnen zuzuhören eine Art von Medizin war – für die anderen wie für sie selbst. Es war genau das richtige Maß an Fürsorge, aber nicht genug, um verletzt zu werden. Und der Wille, sich nicht mehr verletzen zu lassen, war nun die treibende Kraft in ihrem Leben.

Sie übernahm zusätzliche Schichten, durchaus einverstanden damit, dass die Arbeit ihre Tage und Nächte ausfüllte. Nur selten war sie in Gesellschaft. Nie ging sie mit jemandem aus. Sie zog ihre goldblonden Locken durch ein kleines schwarzes Gummiband und schaltete im Herzen das Licht aus.

Dann kam der Morgen, als sie, eine lauwarme und fast ausgetrunkene Tasse Tee in der Hand, während ihrer Pflegetätigkeit an einem Krankenhaustrakt vorbeikam, der gerade renoviert wurde, aufschaute und fühlte, wie alles in ihr plötzlich umschlug – denn dort, auf einem Podest, stand Paulo, der erwachsene Paulo, ausgewaschene Bluejeans tragend und auf ein Brett hämmernd. Am Grund ihrer Seele wurde ein Hebel umgelegt, das Blut jagte durch die Adern, und die Nervenenden begannen zu kribbeln.

Schau mich nicht an, dachte sie. *Ich kann immer noch weglaufen, wenn du nicht ...*

»Hey, ich kenne dich«, sagte er, einen Anflug von Grinsen um die Mundwinkel. »Du bist Annie!«

Sie ließ ihre linke Hand hinter den Rücken gleiten.

»Stimmt, bin ich.«

»Von der Schule.«

»Von der Schule.«

»Ich bin Paulo.«

»Ich erinnere mich.«

»Von der Schule.«

»Von der Schule.«

»Wow! Annie.«

Sie spürte, wie sie errötete. Ihr war schleierhaft, wie ein Junge von der High School noch viele Jahre später eine solche Wirkung auf sie ausüben konnte. Doch als er sagte: »Wow! Annie«, kam sie nicht umhin, das Gleiche zu denken: *Wow! Annie. Was ist das nur?*

Und obwohl ihr es damals nicht bewusst war, erfuhr sie in diesem Augenblick eine weitere Wahrheit über die Liebe: Sie kommt, wenn sie kommt.

So einfach ist das.

* * ★ * *

Ihre Romanze war weniger ein Liebeswerben als eine innige Wiederbegegnung. An jenem Abend aßen sie zusammen wie auch an jedem weiteren Abend der Woche. Sie lachten und redeten, spät und lang, und vermieden die anfängliche Verlegenheit dank ihrer geteilten Kindheitserfahrungen.

Paulo erzählte viele Geschichten, und sobald er eine beendet hatte, fragte Annie, das Kinn in die Hand gestützt: »Und dann?« Nach dem Umzug seiner Familie nach Italien hatte er eine Reihe von Abenteuern erlebt – mit Dorfbewohnern, Reitern, einer Fußballmannschaft auf der Durchreise – und ein Jahr in den Bergen verbracht, wo er auch mancherlei Gefahren ausgesetzt war. Annie konnte sich des Gefühls nicht erwehren, diese Episoden seien allein für sie aufgespart worden.

»Was ist mit dir?«, fragte Paulo. »Wie geht es deiner Mutter?«

»Sie ist gestorben.«

»Das tut mir leid.«

»Ja.«

»Ich mochte sie, Annie.«

»Aber sie hat dich abblitzen lassen.«

»Schon, sie war ungestüm. Sie wollte dich beschützen.« Paulo zuckte die Schultern. »Gerade *deshalb* mochte ich sie.«

An diesem ersten gemeinsamen Abend umarmten sie sich kurz, klopften einander auf die Schultern wie alte Freunde. Aber wenige Abende später, nach einer Portion Spaghetti, küssten sie sich sanft auf den Vordersitzen von Paulos Wagen. Schnell zog Annie sich zurück, als hätte sie vorher noch nie jemanden geküsst. Sie erklärte ihm, sie habe sich diesen Kuss aufbewahrt seit dem Tag, als er die High School verließ – »Ich zähle nicht den mit nach der Katastrophe vor deinem Spind« –, worauf er erwiderte, er habe sich schrecklich gefühlt wegen jenes Zwischenfalls und der Art und Weise, wie seine Freunde und auch er selbst sich damals verhielten.

»Dieses Mädchen war eine Hexe«, sagte Annie.

»Aber deine Zeichnung war cool. Hast du sie noch?«

Annie brach in Gelächter aus. »Ob ich sie noch *habe*?«

»Ja.«

»Wieso?«

»Weil ich sie will.«

»Du willst die Zeichnung?«

»Natürlich. Dank dieser Zeichnung wusste ich, dass du mich liebst.«

Annie schaute nach unten, rieb sich das Knie.

»Das wusstest du nicht«, entgegnete sie leise.

»Doch. Und ich wusste, dass ich *dich* liebe.«

Sie hob den Blick. »Soll das ein Scherz sein?«

»Keineswegs.«

»Warum hast du dann nichts gesagt?«

»Annie«, antwortete Paulo mit breitem Grinsen. »Ich war vierzehn!«

* * * * *

Allmählich verschmolzen ihre Leben nahtlos miteinander, wie es bei den absolut wahren Lieben geschieht, und sie wussten, es würde so bleiben, ohne je ein Wort darüber zu verlieren.

Eines Tages schob Annie während der Mittagspause eine Patientin namens Mrs Velichek im Rollstuhl zu dem neuen Seitenflügel für Senioren. Aus New York stammend, hatte sie gerade ihren neunzigsten Geburtstag begangen, war zwar körperlich gebrechlich, sprühte aber vor Geist. Annie mochte sie.

»Was meinen Sie?«, fragte Annie. »Die Station ist jetzt größer als früher …«

Plötzlich blieb sie stehen. Dort, auf dem Boden, kniete Paulo und beendete gerade die Arbeit an den Fußleisten. Er blickte auf.

»Guten Morgen, Schöne.«

»Er spricht nicht zu *mir*«, sagte Mrs Velichek.

»Woher wissen Sie das?«, warf Annie ein.

»Ja, woher wissen Sie das?«, wiederholte Paulo und stand auf, um der Frau die Hand zu schütteln.

»Mrs Velichek, das ist Paulo. Wir sind Freunde.«

Paulo nickte in Richtung des Tresens. »Scheint so, als wäre die Verpflegung eingetroffen.«

Annie sah Brotlaibe und Wurstaufschnitt, die jemand geliefert hatte.

»Das ist nicht für uns«, sagte sie.

»Es ist nicht *nicht* für uns«, erwiderte Paulo schelmisch.

»Sind Sie hungrig, Mrs Velichek?«

Eine Minute später bereiteten Paulo und Annie vergnügt Sandwiches zu. Er schichtete eine Wurstscheibe über die andere.

»Nicht so viel«, mahnte Annie.

»Hören Sie nicht auf sie!«, befahl Mrs Velichek.

»Ich höre immer auf sie«, gab Paulo zurück.

»Das sollte er besser auch tun«, sagte Annie streng, lachte dann aber und stieß ihn mit dem Ellbogen.

»Freunde, aha«, bemerkte Mrs Velichek. »Herzchen, wen wollen Sie damit auf den Arm nehmen?«

* * * * *

Einen Monat später zogen sie zusammen, und ihre gewohnten Tätigkeiten verflochten sich ineinander wie die Fäden eines Teppichs. Sie teilten das Frühstück, die Zahnpasta, eine Erkältung, eine Mailadresse.

Der Herbst kam, dann der Winter, der Frühling brach an und ging schließlich in den Sommer über. An einem strahlenden Morgen entfernte Paulo vor der Fahrt zur Arbeit das Gummiband aus Annies Haar, und sie schüttelte unbekümmert ihre Locken aus. »Besser?«, fragte sie, worauf er antwortete: »Besser.« Sie hätten über alles reden können, ein Thema war so gut wie das andere.

Danach war ihre Heirat nur noch eine Formsache. Doch Paulo hatte das Herz eines Unterhalters. Er traf die nötigen Vorbereitungen und wartete bis zu einem Abend, um Annie auf das Dach ihres Gebäudes zu führen, wo kleine Fackeln brannten und aus einem weißen Lautsprecher klassische Musik erklang. Dort zog er das Laken von einer wuchtigen Form und enthüllte eine ungewöhnliche Skulptur: zwei riesige Frösche aus Pappmaché. Er wollte mit Ihnen an den Tag erinnern, als sie sich auf dem Schulhof begegneten. Ein Frosch trug eine Krawatte und sprang über den anderen. An der Krawatte war eine Notiz befestigt.

Annie las sie.

Ein kleiner Schritt für einen Frosch, ein gewaltiger Sprung für uns beide?

Sie platzte fast vor Lachen. Als sie sich Paulo zuwandte, hatte er bereits eine Ringschatulle geöffnet, und Annie wartete nicht einmal, um die Frage zu hören.

»Ja«, sprudelte es aus ihr hervor. »Ja. Ja. Ja.«

»Nein«, flüsterte Annie jetzt.

Paulo blinzelte.

»Du kannst nicht hier sein.«

Er öffnete die Hände.

»Ich will nicht, dass du hier bist!«

Er griff nach ihrer Wange.

»Berühr mich nicht! Sei nicht hier! Du musstest leben! Du musstest leben!«

Seine Finger strichen über ihre Haut, und bei diesem Kontakt schien ihr ganzer Körper dahinzuschmelzen.

»Schau, Annie«, sagte er sanft, »die Nordlichter.«

Unter ihnen bewegten sich grüne und rötliche Strömungen durch die gläserne Oberfläche, als zöge leuchtender Rauch zwischen den Sternen hindurch.

»Weißt du, was sie hervorruft?«

Annie spürte, wie ihr Tränen übers Gesicht liefen.

»Du hast es mir so viele Male erklärt«, antwortete sie mit zitternder Stimme. »Von der Sonne schießen Partikel ins All und wehen in Winden zur Erde. Es dauert zwei Tage, bis sie unseren Planeten erreichen. Dann durchdringen sie die Atmosphäre ...«

Sie rang nach Luft.

»... am oberen Ende der Welt.«

»Und hier sind wir«, sagte Paulo.

Er gab ein Handzeichen, worauf ein herrliches Farbenmeer den Himmel unter ihren Füßen durchwogte. Annie starrte auf ihren Ehemann, beleuchtet von glühendem Schimmer. Er blickte genauso wie bei ihrer Hochzeit, aber unfassbar friedlich, seine Augen faltenlos, seine Lippen ohne eine einzige Linie.

Sie wollte niemanden *mehr* sehen. Sie wollte niemanden *weniger* sehen.

»*Warum?*«, flüsterte sie. »Warum bist du hier?«

»Die Winde wehten«, erwiderte er.

Die fünfte Lektion

Der Verlust ist so alt wie das Leben selbst. Doch trotz unserer Millionen von Jahren andauernden Entwicklungsgeschichte müssen wir erst noch lernen, ihn zu akzeptieren.

Annie, die erkannte, dass sie Paulos Leben nicht gerettet hatte, fühlte sich jetzt von ihren Verlusten aufgezehrt. Zunächst der Vater, der früh fortgegangen war, dann die durch den Unfall geschädigte Hand, das Zuhause, das zu verlassen sie gezwungen war, die Freunde, die sie aufgegeben hatte, der Tod ihrer Mutter, ihr verlorenes Kind, die Hochzeitsnacht – bis zu ihrem Ehemann, der hier vor ihr stand. Ihr letzter, endgültiger Verlust.

Abermals hatte sie versagt.

»Wie lange bist du schon hier?«, fragte sie.

»Eine kleine Weile.«

»Wirst du fünf Personen begegnen?«

»Ist bereits geschehen.«

»Ich verstehe nicht. Bin ich nach dir gestorben?«

»Die Zeit ist hier anders, Annie. Ein paar Sekunden auf der Erde können im Himmel ein Jahrhundert sein. Es ist verrückt. Besser als all meine sonderbaren Bücher über den Weltraum.«

Er lächelte, und auch Annie spürte, wie ihre Mundwinkel nach oben gingen. Dann aber wurde ihr bewusst, wo sie sich befanden.

»Nein«, beharrte sie. »Das ist nicht fair. Wir waren nur eine Nacht verheiratet.«

»Eine Nacht kann viel ändern.«

»Das ist nicht genug!« Wie ein flehendes Kind betrachtete sie ihn. »Ich begreife es nicht, Paulo. Warum konnten wir nicht einfach glücklich sein? Warum ist mir alles Gute genommen worden?«

Paulo starrte auf das schwarze Firmament, als würde er etwas überprüfen, obwohl nichts zu sehen war.

»Erinnerst du dich an den letzten Tag in der Schule?«, fragte er. »Tatsächlich bin ich dir nachgerannt. Ich sah dich im Park. Du hast auf einer Bank geweint, aber ich konnte mich nicht dazu durchringen, mit dir zu sprechen. Ich wusste, dass ich dich im Stich gelassen hatte.

Am nächsten Tag sind wir umgezogen, und fünfzehn Jahre lang hat mich diese Angelegenheit verfolgt und geschmerzt. So jung wir auch waren, fühlte ich doch, dass ich eine wichtige, kostbare Person verloren hatte. Dann bin ich nach Amerika heimgekehrt mit der Hoffnung, dich eines Tages wiederzusehen. Und wie aus dem Nichts standest du im Krankenhaus vor mir. In dem Moment wurde mir klar: Wer einen Menschen wirklich liebt, findet auch einen Weg zu ihm zurück.«

Annie runzelte die Stirn. »Und kurz darauf verliert man ihn noch einmal.«

»An jedem Tag des Lebens verliert man etwas, Annie. Bald ist es so winzig wie der Atem, den man gerade ausgestoßen hat, bald so groß, dass man es nicht zu überleben glaubt.«

Er nahm ihre rechte Hand. »Aber du schaffst es, nicht wahr?«

Annie fühlte, wie ihr Herz überströmte vor Liebe. Ihr Mann war hier. Wenigstens konnte sie bei ihm sein. Und doch …

»Ich wollte dich retten«, flüsterte sie.

»Du hast mir einen Lungenflügel gegeben.«

»Trotzdem bist du *gestorben.*«

»Das ändert nichts an dem, was du getan hast.«

»Wie kannst du derart friedlich damit leben? Ich bin einfach nur …«

»Was?«

Annie suchte nach dem passenden Wort. »Todunglücklich.«

Paulo dachte kurz nach. »Ich möchte dir etwas zeigen.«

Er griff in seine Jackentasche und zog einen

aus Pfeifenreinigern zusammengesetzten Hasen hervor.

»Den hast du mir bereits geschenkt«, sagte Annie.

»Schau.«

Augenblicklich, wie durch Zauberhand, zerlegte sich der Hase in fünf begradigte Pfeifenreiniger. Paulo nahm einen und gestaltete daraus eine einfache Form mit zwei Wölbungen.

»Das ist das Herz, mit dem wir geboren werden, Annie. Es ist klein und leer, weil es noch nichts erfahren hat.«

Er legte es in ihre Hand.

»Und das …«

Er nahm die vier anderen Reiniger und verbog sie, um ein größeres, in sich verschlungenes Modell mit kreuz und quer verlaufenden Drähten zu fertigen.

»Das ist das Herz, mit dem wir sterben – nachdem wir Menschen geliebt haben, nach all unseren Verlusten. Es ist größer, siehst du?«

»Aber es ist gebrochen«, erwiderte Annie.

»Ja.«

»Dadurch wird es zerstört.«

Paulo drückte das Herz an Annies Brust.

»Nein. Dadurch wird es ganz.«

Plötzlich begannen die Pfeifenreiniger aufzuleuchten und einen strahlenden Glanz zu verbreiten. Annie verspürte im Innern ein immer heftigeres Pochen.

»Paulo, was spielt sich da ab?«

»Danke, Annie. Einen Moment lang konnte ich atmen wie du. Es war verblüffend.«

»Nein, warte …«

»Du musst jetzt gehen.«

»Ich will bei *dir* sein …«

»Ich werde genau an dieser Stelle sein. Aber einstweilen musst du leben.«

»Was meinst du?«

»Einmal bist du vom Tod verschont geblieben, Annie. Dafür schuldest du der Welt, mancherlei Unheil abzuwenden. Deshalb bist du Krankenschwester geworden, und deshalb musst du zurückkehren. Um jemand anderen zu retten.«

»Wen? Warum? Nein, Paulo, bitte!«

Er ließ ihre Hand los. Annie sah, wie Teile von ihr sich auflösten, zuerst die Füße und Arme, dann die Knie, Oberschenkel, Bauch, Brust: Alles, was während ihres Lebens nach dem Tod wiederhergestellt worden war, zerfiel. Der Globus unter ihr schien abzuflachen und zu verfließen, und sie hörte zwei Geräuschebenen, als würden mehrere Tonspuren gleichzeitig abgespielt. Nach und nach verschwand Paulo im hellen Glühen der Nordlichter. Nur sein Gesicht war noch erkennbar, nah genug, um es zu berühren. Er küsste sie sanft, und sie versuchte verzweifelt, ihn festzuhalten, ihn in ihren Blick einzuschließen, doch ihre Lider hingen herab wie schwere Vorhänge, dann wurde alles schwarz. Im Nu spürte

Annie auf den Schultern seine beiden Hände, die sie vom Himmel zur Erde stießen.

Sie wusste, dass diese Hände schon vorher da gewesen waren.

»Wir sehen uns gleich wieder«, flüsterte Paulo.

Als ihre Augen sich öffneten, starrte Annie in ein fluoreszierendes Deckenlicht. Sie vernahm ein leises mechanisches Summen, ebenso eine Frauenstimme, die sagte: »Doktor, schauen Sie!«

Nachspiel

Die Nachricht von dem Ballonabsturz verbreitete sich schnell im ganzen Bundesstaat und gelangte bald sogar in die entferntesten Winkel der Welt. Leute teilten Fotos und verfassten Kommentare über die Hinfälligkeit des Lebens.

Die Geschichte, die man sich erzählte, handelte von einem frisch verheirateten Paar, einem unerfahrenen Piloten und dem glücklichen Ausgang für zwei der drei Passagiere. Der Pilot, der den Ballon gegen eine Starkstromleitung geflogen hatte, entkam dem Tod, indem er sich aus dem Korb stürzte. Die Braut wurde gerettet durch ihren mutigen Ehemann, der sie über die Reling stieß und kurz darauf absprang. Trotz seiner schweren Verletzungen überlebte er mehrere Stunden, die paar Minuten mit eingerechnet, nachdem er einen Lungenflügel von seiner Frau erhalten hatte. Er starb auf dem Operationstisch im gleichen Moment, da sie aufgrund von Komplikationen bei der Transplantation ins Koma fiel.

Nur wenige Menschen wussten, dass auch die Ärzte Annie kurzzeitig verloren hatten. In völliger Bewusstlosigkeit erlitt sie einen Herzstillstand, wurde aber wiederbelebt von einem Team, dem ihr Onkel Dennis angehörte. Als ihr Herz erneut zu schlagen begann, brach er in Tränen aus.

»Du bist jetzt wohlauf, Annie. Alles wird gut.«

Er zwang sich zu einem Lächeln. »Du hast uns ganz schön Angst eingejagt.«

Annie blinzelte.

Zum ersten Mal seit langer Zeit fühlte sie sich überhaupt nicht ängstlich.

* * * * *

Die Zeit verging. Wie aufgewirbelte Flocken in einer Schneekugel setzten sich die Leben der in die Tragödie verwickelten Personen am Boden ab, nicht an der gleichen Stelle, aber auf neuen Inseln des Friedens.

Teddy zog in einen anderen Bundesstaat, trat einer Kirchengemeinde bei und verbrachte viel Zeit damit, Diskussionen zum Thema *Die zweite Chance* zu leiten. Tolbert schloss seine Firma und verkaufte das Grundstück. Er brauchte fünf

Monate, um seinen Mut zusammenzunehmen und der verwitweten Braut zu schreiben. Eine Woche später erhielt er eine Rückantwort.

Auf ihre Bitte hin fuhr Tolbert zu Annies Wohnhaus und sah, während sie die Tür öffnete, mit großer Verwunderung, dass sie erkennbar schwanger war. Sie empfing ihn freundlicher, als er erwartet hatte, und schien in Anbetracht dessen, was ihr widerfahren war, bemerkenswert ruhig. Mehrfach versicherte er ihr, wie leid es ihm tue, wie sehr er Paulo seit ihrer flüchtigen Begegnung im Regen mochte. Vor dem Weggehen fragte er, ob Annie ihm je die unglücklichen Ereignisse vergeben könne, die zum Tod ihres Mannes führten, aber sie beharrte darauf, dass dies nicht nötig sei.

»Winde wehten«, sagte sie nur.

Tolbert entfernte sich, ohne von einem weiteren wehenden Wind zu wissen, einer, den er in jener regnerischen Nacht unwillentlich umgelenkt und der Paulo zu ihm an den Straßenrand gedrängt hatte, der dann wiederum ein rasendes Auto daran hinderte, den jungen Bräutigam zu überfahren – eine Tragödie, mit der das Schicksal einen anderen Verlauf genommen hätte, demzufolge Annie und Paulo nicht einmal diese eine Hochzeitsnacht gewährt worden wäre noch das Kind, das nun aus ihr hervorgehen würde. Unsere Leben werden viele Male auf unsichtbare Weise verändert. Eine kurze Drehung des Bleistifts mit Radiergummi zwischen den Fingern, und das soeben Geschriebene ist schon gelöscht.

* * * * *

Kurz nach dem Besuch besorgte sich Annie eine Landkarte, packte eine kleine Reisetasche zusammen und fuhr in ihrem Auto zu einem Vergnügungspark am großen grauen Meer. Am Eingang angekommen, stieg sie aus und starrte auf die Spitztürme und Minarette von Ruby Pier, die mit Edelsteinen geschmückte Vorderseite des Gewölbebogens und einen Freifallturm, der über allem schwebte.

Sie fragte einige Angestellte, ob jemand sich an einen Mann namens Eddie erinnere, der Fahrgeschäfte repariert hatte. Kurz darauf führte man sie zum Wartungsdienst hinter einem Autoscooter, in eine Werkstatt mit niedrigen Decken, dämmrigen Glühbirnen, Clownsköpfen aus Porzellan und Kaffeekannen voller Schrauben und Bolzen. Annie wurde einem Mann – er hieß Dominguez – in mittleren Jahren vorgestellt, der sich die Hände an einem Lappen abwischte und sagte: Ja, er habe häufig mit Eddie gearbeitet, bis zu dessen Tod. Als Annie ihm mitteilte, wer sie ist, ließ er den Lappen fallen, sank auf einen Hocker und wäre dabei fast umgekippt.

Einen Moment lang konnte er lediglich murmeln: »Oh Mann, oh Mann ...«

Dann brach er in Tränen aus.

»Tut mir leid. Es ist nur ... Eddie wäre so glücklich, wenn er wüsste, dass Sie wohlauf sind.«

Annie lächelte.

Später begleitete er sie in den hinteren Teil der Werkstatt und zeigte ihr eine Truhe mit Eddies Habseligkeiten, Klimperkram, Geburtstagskarten und ein Paar Armeestiefel. Annie fragte, ob sie eine Schachtel mit Pfeifenreinigern mitnehmen dürfe, worauf Dominguez erwiderte, wenn sie wolle, könne sie die ganze Truhe haben.

»Darf ich Sie etwas Persönliches fragen?«, sagte er, bevor sie auseinandergingen.

Annie nickte.

»Wie fühlen Sie sich jetzt, nachdem Ihr Leben gerettet wurde? Ich meine, an dem Tag im Vergnügungspark habe ich gesehen, was passiert ist. Wenn es Eddie nicht gegeben hätte, wären Sie gestorben.«

Annie berührte ihren Bauch. Sie meinte, das sei schwer zu erklären. Oft habe sie den Wunsch verspürt, alles dafür herzugeben, um den Gang der Ereignisse rückgängig zu machen, aber inzwischen denke sie anders darüber. Und sie fügte hinzu: »Meistens empfinde ich tiefe Dankbarkeit.«

* * * * *

Die Jahreszeiten kamen und gingen. Als die Tage heiß wurden, strömten die Menschenmengen wieder zu den Vergnügungsparks am Meer, wo Kinder die neueste Version des Freifallturms in Ruby Pier ausprobierten, nichtsahnend, wie Kinder es zum Glück sind, von früheren Schicksalen, die dort eine unerwartete Wendung genommen hatten.

Unterdessen brachte Annie eine Tochter zur Welt, die sie sanft an ihre Brust schmiegte. Sie gab ihr den Namen Giovanna, der italienische Ausdruck für »Gnade Gottes«. Denn wie Paulo angedeutet hatte, kehrte Annie vom Himmel zurück, um ihr gemeinsames Kind auszutragen und zu gebären, mit aller Liebe zu hegen und zu pflegen.

Eines Tages, als Giovanna vier Jahre alt war, führte Annie sie abends nach draußen, um die Sterne zu betrachten.

»Sie sind so hoch, Mami!«

»Ja, das sind sie.«

»Gibt es etwas, das noch höher ist?«

Annie lächelte nur. Sie sprach nie über ihre Reise durch das Leben nach dem Tod, mit niemandem. Aber sie hatte nicht die Absicht, sich für immer in Schweigen zu hüllen.

Später, wenn Giovanna alt genug wäre, würde Annie ihr eine Geschichte über den Himmel erzählen. Sie würde ihr von den Menschen berichten, die bereits dort sind – ihre Großmutter, ihr älterer Bruder und ihr Papa, einen Smoking tragend, in den Anblick der Sterne versunken. Sie würde über die Geheimnisse sprechen, die sie selbst während ihres Besuches erfahren hatte, darüber, wie ein Leben das andere berührt, und dass dieses irdische Leben mit dem nächsten verbunden ist.

Sie würde ihr sagen, dass alle Enden zugleich Anfänge sind, auch wenn wir es gegenwärtig noch nicht wissen. Und für den Rest ihres Lebens würde Giovanna Trost finden in der Einsicht, dass der Himmel, ungeachtet ihrer Ängste und Verluste, die Antworten bereithält auf all ihre irdischen Fragen – beginnend bei den fünf Personen, die auf sie warten, wie sie auf jeden von uns warten, unter den Augen Gottes und in der wahren Bedeutung jenes kostbarsten aller Wörter:

Heimat.

Dank

Zunächst möchte der Autor Gott danken für die Segnungen der Gesundheit und der Kreativität, die einem Menschen überhaupt erst erlauben, eine Geschichte über den Himmel zu entwerfen und in Worte zu fassen.

Des Weiteren gilt mein vielfältiger Dank einer ganzen Reihe von Personen für ihre Hilfe und inspirierende Kraft bei der Niederschrift dieses Buches.

Aus den Bereichen der Forschung: Kay MacConnachie, Ergotherapeutin und Leiterin der Klinik Motus Rehabilitation in Warren, Michigan, deren Arbeit mit Patienten, die von der Replantation abgetrennter Hände genesen, wesentlich dazu beigetragen hat, eine anschauliche Darstellung der körperlichen und seelischen Narben zu geben, die Annie während ihres ganzes Lebens begleiteten; Gordon Boring, Heißluftballon-Pilot und Vorsitzender des Wicker Basket Balloon Center in Wixom, Michigan (denken Sie, liebe Leserinnen und Leser, bitte daran, dass solche

Unfälle wie der hier beschriebene äußerst selten sind!); Lisa Allenspach, Oberärztin am Henry Ford Hospital und medizinische Direktorin des Henry Ford Hospital Lung Transplant Program in Detroit, Michigan; sowie Val Gokenbach, Leiterin des Pflegedienstes am Baylor Scott & White All Saints Medical Center in Fort Worth, Texas. Besonderer Dank auch an Jo-Ann Barnas, die äußerst sorgfältige Recherchen durchführte und großartige Fragen stellte.

Die Figur des Sameer wurde teilweise inspiriert durch die wahre Geschichte des verstorbenen Everett (Eddie) Knowles, dessen in der Kindheit erlittener Unfall 1962 zu einem Durchbruch auf dem Gebiet der Wiederbefestigung von Gliedmaßen führte.

Außerdem möchte der Autor seinen Dank bekunden gegenüber David Black, Literaturagent und Freund, der mit ihm durch dick und dünn geht; Gary Morris, Jennifer Herrera und Matt Belford von der David Black Agency; den großartigen Leuten im Verlag HarperCollins, angefangen bei Karen Rinaldi, meiner hochgeschätzten Lektorin und Verlegerin, die mir tiefe Einblicke in weibliche Hauptfiguren vermittelte; Jonathan Burnham; Brian Murray; Hannah Robinson; Doug Jones; Frank Albanese; Leah Wasielewski; Stephanie Cooper; Sarah Lambert; Tina Andreadis; Leslie Cohen; Leah Carlson-Stanisic; Michael Siebert; nicht zuletzt Milan

Bozic (der uns eine weitere außergewöhnliche Umschlagillustration bescherte).

Vor heimischer Kulisse geht mein herzlicher Dank an Kerri Alexander, die mein Leben in Ordnung hält, und Marc »Rosey« Rosenthal, der dafür sorgt, dass dieses Leben nicht auseinanderfällt; an Vince und Frank; an Antonella Iannarino, unsere hervorragende Web-Meisterin; und an Mendel, der nach wie vor ein Landstreicher ist.

Die Konzeption mit den fünf Personen im Himmel gäbe es nicht ohne meinen Onkel Eddie – den echten Eddie –, der mir meine erste Geschichte über das Leben nach dem Tod erzählte. Und wenn der erfundene Eddie sagt, ohne seine Frau wäre dies für ihn kein Himmel, so sprach ich über meine Frau Janine, die mich jeden Tag beflügelt; zu meinen Familienmitgliedern, die das Manuskript von den frühen Fassungen an gründlich gelesen haben; sowie zu meiner Mutter und meinem Vater, die mir beibrachten, auf welche Weise man Geschichten schildert, und die sich seit meinem letzten Buch im Himmel wiedergefunden haben, wo sie zweifellos jede Minute zusammen verbringen, wie sie es auch auf der Erde zu tun gedachten.

Schließlich übermittle ich den tiefsten Dank meinen Lesern, die nicht aufhören, mich zu überraschen, zu inspirieren, zu motivieren und zu beglücken. Einstweilen mag der Himmel die Projektionsfläche für ein Gebet sein oder eine

Ahnung. Aber dank Ihnen weiß ich, dass ich ein Stück Himmel bereits im Hier und Jetzt erfahren habe.